中公文庫

愛しいひとにさよならを言う

石井睦美

中央公論新社

目次

愛しいひとにさよならを言う　7

解説　北上次郎　272

愛しいひとにさよならを言う

1

いまでもチチのことを考える。

授業が始まる直前の教室のざわめきが途切れる一瞬や、授業が終わって帰る電車のなかで、わたしはチチを思い出す。晴れた朝、洗濯物を干すベランダで、近隣の飼い犬たちの散歩道にもなっている遊歩道のハナミズキの下で、わたしはチチを思い出す。目的もなくはいった書店の歴史書棚の前で、アルバイト先の机の上に置かれた真っ白な模型に、わたしはチチを思い出す。

それから、チチと過ごした時間が、隅々まで光に満ち、希望に満ちたものだったことを、確認する。何度も何度も確認する。

光は希望だとチチが教えてくれたとおりだ。

もっとも、チチはその言葉を、比喩的に象徴的に使ったのではなかった。建築家だったチチは、彼が設計したある建物のコンセプトをそうわたしに説明してくれたのだった。

その建物は病院で、陽射《ひざ》しがたっぷりとはいる回廊があって、その回廊からは中庭が見えた。だれもが足を踏み入れたくなるような庭だった。

「光に溢《あふ》れていなくてはいけないんだ。光は希望だからね」

そうチチは言った。

チチはずいぶんとわたしに建築の話をしてくれた。十二歳で建築のことなどなにもわからないわたしに、まるで、これからいっしょに仕事をしていくんだからさ、とでも言うようなやさしさで。大人のチチをその瞬間子どものように見せる、あのひとなつっこい笑顔を向けて。

チチは建築の話をしたのだろうか？

もちろんそうだ。

建築の話のふりをして、ちがうもののこと——たとえば人生への教訓を話していたのではなかった。チチが大人で、わたしが子どもであっても。

誤解のないように最初に断っておいたほうがいいと思うのだけれど、チチはわたしの父親ではないし、チチというのも名前ではなかった。さらに言えば、わたしがチチを呼ぶときの呼び名ですらなかった。

チチは本名を山本《やまもと》穣といった。穣と書いて〝みのり〟と読む。その名前を初めて耳にしたのは、わたしが小学校の四年生のときのことで、それは、チチに会い、チチと過ごす束《つか》の間の時間を持つことになる三年も前のことだった。

これもちゃんと断っておいたほうがいいと思うのだけれど、わたし斎藤《さいとう》いつかには、生まれたときから父親というものがいなかった。母はいたが、母はわたしに父親に関する情報を一切語ろうとしなかった。めちゃくちゃな話だと思う。

母は仕事熱心だし、わたしを大切に育ててくれたけれど、なんていうかちょっとめちゃくちゃなところのあるひとなのだ。

わたしに知らされたのは、母がわたしを産む前にわたしの父親であるひとと別れ、そのひとはわたしが生まれたことを知らないということ、そのひとがいまどこでなにをしているのかわからないということだけだった。

小学校の四年のときにそのことを知った。

時間軸で言えば、チチの存在を知ったしばらくあとのことだった。

いまさっき、母はめちゃくちゃなところのあるひとだと言ったし、それはたしかにそうなのだけれど、けっしていい加減なひとではなかった。嘘《うそ》もつかない。

もし、母がめちゃくちゃなうえにいい加減で、平気で嘘をつくような人間だったら、わたしの父親のことだって適当な物語をでっちあげられたはずだ。でもそんな物語を聞かせられるくらいなら、知らないでいるほうが何倍もましだとわたしは思っていた。

ずいぶんものわかりのいい子どもだったのだろうか、わたしは。でも、しかたがない。

わたしは母が好きだったし、その母はひとりで働いてわたしを育てているのだ。母が言いたがらないことを無理やり訊《き》くことは、わたしには到底できなかった。

　さらに言えば、祖父母にあたるひとたちもまた、いないも同然だった。祖父はわたしが生まれる前にすでに亡くなっていた。祖母は健在だったのだが、そのことは中学にはいるまで知らされることはなかった。母に兄、わたしにとっての伯父《おじ》がいることも。

　けれど、小学校四年のそのときを除いて、保育園時代、小学校時代と、わたしはそういう血縁の薄さをことさら特別なことと感じたことはなかった。四年生のそのときだって、ほんとうはそうだったと思う。

　ただ、あること――それはチチのことと無関係ではなかったのだが――があって、自分の父親がどんなひとか、どんな風貌《ふうぼう》で、どんな職業で、つまりどんな人間であったのかを知りたいと思っただけだった。だからそのほかのこと、なぜ一緒に暮らせないのかとか、父親のいる生活はどんなだろうとかは、正直、想像もしなかった。

　なぜなら、わたしにはユキさんがいたし、ユキさんがいればさびしいなんていうことはなかったから。

　母とユキさんとわたし。わたしはそれで満ち足りていた。けっして強がって言っているのではない。

　そう。だからチチの話をするまえに、わたしはユキさんの話をしなくてはならない。

わたしを生まれるまえから知っていたユキさん。
ユキさんを生まれるまえから知っていたわたし。
その話をしなくては、チチにたどりつくことはないだろう。
話は、母がユキさんに出会ったところから始まる。

2

ユキさんに母が出会ったのはいまから三十年前の春のことだった。郷里の山形から大学進学のために東京にやってきて住み始めたアパートに、ユキさんは住んでいた。ハイツかつらぎというそのアパートの名称は、大家さんの名字にちなんでいる。申し訳程度のキッチンと六畳の畳敷きの部屋、小さなユニットバスがあるだけの、木造二階建てのハイツかつらぎの住人は当時、ユキさんを除く全員が女子学生だった。さらにその二十年ほど前には、ユキさんもそんな女子学生のひとりだった。

その周辺には、徒歩圏にひとつの大学、駅ふたつ行ったところに大学と短大があって、学生向けのアパートが何軒もあった。けれど常に需要が供給を上回っているような状態で、学校の近くに空き部屋を見つけるのは想像以上に大変なことだった。

相場よりかなり安いハイツかつらぎに空き室が出るのは、二年に一度か四年に一度。入居した学生は、よほどの事情がない限り出ようとする者はいなかったから、入居が決まると、不動産屋の担当者は必ずこう言った。「ここに決まるなんて、あなたは強運の持ち主ですよ」と。


何期生という言葉がアパートの居住者にも当てはまるかどうかは知らないが、そういう言い方ができるとしたら、そのアパートにおいてユキさんは第一期生だった。

ハイツかつらぎができあがるのと同時に入居し、学生時代の四年間を過ごした。四年生のときにユキさんは都の特別区職員採用試験を受けて合格し、卒業すると区の職員になった。当初はどこかの出張所に配属される予定だったのが、新卒のなかでも断トツに成績優秀で本庁勤務を命ぜられることになったのだ。

区役所はそれまで通っていた学校よりさらにハイツかつらぎから近く、慌てて引っ越しをすることもないとユキさんは思った。ハイツかつらぎは、女性限定ではあったものの、学生専用のアパートではなかったのだ。

ユキさんが女子大生だったころ——そのことは子どもだったわたしをいつも不思議な気分にさせた。それは、わたし自身が大学生となったいまも変わらない——、隣の部屋には同じ大学の学生だとわかってから親しくなった友人が住んでいた。

あまりたくさん友だちを作るタイプではないユキさんが、どうしてか彼女とは気があって、どちらかの部屋でいっしょにごはんを食べたり、休みの日には映画を観《み》に出かけたりもした。

その友人は卒業と同時にハイツかつらぎを出て、もっと都心に近い、管理人が常駐するワンルームのマンションに移っていった。ハイツかつらぎよりずっと広く、大きなクローゼットも完備している。部屋の窓からは新宿《しんじゅく》のビル群が見えた。

引っ越しをユキさんは手伝った。荷物は、洋服と寝具と本、そう大きくはない冷蔵庫、それに食器が少しと日常のこまごまとしたもの。そのくらいだ。引っ越し業者のいちばん小さなトラックですら荷台があまるほどだった。

本棚にしていたオレンジ色のカラーボックスのひとつをユキさんが貰《もら》い受け、残りのカラーボックスと、食卓にも勉強机にもしていた折り畳みのテーブル、外置きのために汚れていた洗濯機を彼女は粗大ごみに出した。

ふたりがマンションについてしばらくすると、日時指定をしていた家具がつぎつぎに届いた。小ぶりのダイニングテーブルと椅子《いす》が二脚、ソファ、本棚。それにぴかぴかの洗濯機も。それらが収まるべき場所に収まると、そこはとたんに洗練された住み心地のよさそうな部屋になった。

「いい部屋ね」

と、ユキさんは言った。

「ありがとう。ユキも引っ越したらいいじゃない。あたしたち、もう学生じゃないんだから」

「うん。でも、わたし、あそこ気に入ってるのよ」

ユキさんがそう言うと、友人は嘘でしょうというような顔をして言った。

「ほんとうに？　あたしは親にお金を出してもらっていたからしかたなくよ。新築だったのはいいけど、狭くてなにもおけなかったじゃない、あの部屋」

「わたしは物持ちじゃないからいいの。区役所にも近いし、仕事に慣れるまではあそこでいいかなと思ってる」

「ということは、ずっと住むつもりじゃないのね。ユキの引っ越しのときは言ってね、手伝うからさ」

「うん、まあそのうちにね」

と、ユキさんは答えた。

まあそのうち。ユキさんにしたところで、まさかずっと住むことになろうとは思ってもいなかった。けれど、まあそのうちと言っているうちに一年が過ぎ二年が過ぎて、気が付くと二十年が経《た》ってしまっていたのだった。

スタイリッシュなあのマンションに引っ越していった友人とも、徐々に、でも確実に疎遠になっていった。気が合う友だちだったはずが、職業や生活環境が違ってくると、会うたびに話がかみ合わなくなる。いや、華やかな彼女と地味で堅実な自分とが友だちだったというほうがむしろ不思議なのだと、ユキさんは納得した。

ほかの入居者との年齢だけが徐々に、そして着実に離れていき、当然といえば当然だけれど、彼女たちとの間に行き来をするような付き合いが生まれることはなかった。それでも顔を合わせれば軽く挨拶《あいさつ》くらいはしあったものだった。それが、ときにはこちらが会釈しても、怪訝《けげん》な顔をする学生が現れ、ついには知らん顔をする学生が出現するようになってからは、ユキさんも挨拶やら会釈やらをほとんどしなくなった。

母が入居したのはそんなころだった。

母とユキさんとが初めて顔を合わせたとき、ユキさんはあと二か月ほどで三十八歳の誕生日を迎えることになっていて、独身だった。だからふたりはちょうど二十歳、年齢差があることになる。

学生時代の母とユキさんは、お互いをハイツかつらぎの住人であると認める以上の関係ではなかった。母が大学を卒業してもハイツかつらぎを出ず、そのことでユキさんと共通点ができても同じだった。

だからあの事件さえなければ、母とユキさんの軽く会釈をする程度の隣人という関係も変わらなかっただろう。

事件は、母が上京して十一年目の夏の日、ハイツかつらぎの目と鼻の先の路上で起こった。

事件の原因を作ったのはわたしだ。まだだれの目にもふれてはいないけれど、母の胎内ですでに生き始めていたわたしだった。


その日も、真夏の太陽が朝から容赦なく照りつけていて、テレビが高温注意を呼びかけていた。猛暑の夏で、来る日も来る日もそんな日が続いていたのだった。

もう何日も、母はアパートにこもって仕事をしていた。絵画修復というのが母の仕事で、仕事はびっしりとはいっていたし、翌年の二月に出産を控えていた母は、身ひとつのうちにできるだけ多くの仕事を片付けてしまいたいと思っていた。

母が修復するのは、美術館にはいっているような作品ではなく、どれも個人の所蔵作品に限られていた。著名な画家が描いたものもあれば、アマチュアの作品もあった。個人の所有だからといって、その持ち主が直接、それらの絵を母のところに持ち込むというのではない。仕事の依頼は、何人かの決まった画商たちから来た。

個人の家の玄関や居間に飾られているため、保存の状態が悪く、たばこのヤニや埃《ほこり》などに晒《さら》され続けて傷んだ絵をクリーニングし、可能なかぎり元の状態に戻すのが母の仕事だ。

大きなものは、画商と取引のある専門の配送業者が届けてくれるのだが、持ち運びができる絵の受け渡しには、母が画廊まで出向くことにしていた。また、届けてもらう絵にしても、事前に見ておいた。そうすれば画商立ち会いのもと、どの程度の修復が必要か、あるいは修復が可能か否かを判断することができるし、不要なトラブルも防ぐことができる。そしてそのついでに、界隈《かいわい》に軒を並べているいくつもの画廊を梯子《はしご》して絵を見て歩くことも、母には欠かすことのできない大切なことだった。母が収入を得ているのは修復の仕事によってだったけれど、母はまた絵描きでもあった。修復のほうが忙しくなって、なかなか自分の絵を描く時間が取れなくなっても、母はまだ絵をあきらめないでいた。


その日は、仕上がった絵を一枚、銀座《ぎんざ》の画廊まで届けた帰りだった。

そしてまたユキさんも、お盆の休暇に二日ほど帰郷し、墓参りをすませ、休みを一日のこして戻ってきたところだった。

ユキさんがアパートまであと数メートルというあたりまで帰り着くと、電柱の脇にしゃがみ込んでいるひと影を見つけた。それがユキさんと母の本格的な出会いとなる。

この暑さで、日射病にでもなったのかもしれないと、ユキさんは近づいて声をかけた。

「大丈夫ですか？」

訊《たず》ねられて、ユキさんを見あげた母は、青い顔をして、額から汗を流していた。

ときどき顔を合わせては会釈をかわす、ハイツかつらぎの住人だと、ユキさんはすぐに気づいた。

「救急車、呼びましょうか」

「いいえ、ただの貧血です。少し休んでいればよくなります」

「こんな暑いところに座っていてもよくならないわ。歩ける？」

ユキさんはそう言うと、腰をかがめ、母の脇に手をいれて立たせると、そのまま母の肩を抱くようにして歩き出した。

「すみません。あの、そこのアパートの……」

説明しようとする母を遮るように、

「大丈夫。あなたは話さなくていいのよ。わたし、知っているから」

と、ユキさんは言った。

その言葉どおり、ユキさんは母を抱えてアパートの敷地にはいっていった。そこでユキさんは一瞬迷った。自分の部屋とこの子の部屋とどちらに行くべきだろう。

何号室かまではわからないけれど、階段を上り下りしている姿を見かけたことがある。この子の部屋は二階だ。そう気づいた瞬間に、ユキさんはポケットのなかから、自分の部屋の鍵《かぎ》を出していた。

三日間閉め切りだった部屋はむっとしていたものの、生ごみの匂《にお》いなどとは無縁だった。大人ふたりはいればいっぱいになってしまう玄関で、母の靴をぬがせ、

「いま換気して冷房をかけるからあと少しがまんしてね」

と、ユキさんは言った。

「大丈夫です。自分の部屋に帰ります」

と、母は言ったものの、思うようにからだはうごかなかった。

そこまでは母もなんとか記憶があったらしい。それから、開いていた本をぱたんと閉じるように、記憶は途切れた。母が意識を取り戻したときは、冷房の効いた部屋で、しっかりと眠ったあとだったという。

かぼちゃの煮えるほっこりと甘い匂いで目が覚めると、母は自分が布団に横たわっていることに気づいた。ベージュがかったピンクのタオルケットもかけられている。けれど母の頭はまだどこかぼんやりとしていて、見慣れない部屋の見慣れない寝具にさほどの違和を感じることができないでいた。

頭をめぐらしてみると、台所に女のひとの後ろ姿が見えた。台所とこちらの部屋のあいだは開け放たれたままになっている。

間取りは自分の部屋とまったく同じで、置かれているものと、そこにいるひとが違う。

あのひとはだれだろうと母は思い、その瞬間、頭の中で霧が晴れていくように、それま

でのいきさつをはっきりと思い出した。

台所の前の曇りガラスが嵌《は》められた窓に西日が射しているのが見えた。いったいどれくらいの時間、眠ってしまったのだろうと母は思った。もう夕方なのだ。もう、この部屋の住人は夕飯のしたくをする時間なのだ。

母はからだを起こし、その後ろ姿に向かって「すいません」と、声をかけた。

「ああ、顔色がずいぶんよくなったわ」

振り向いたユキさんが言った。

「わたし、すっかりご迷惑おかけしてしまって……」

「迷惑なんてことはこれっぽっちもないのよ。それと、もう少し横になっていて。なんにもないけれど、ごはん、召し上がってらっしゃいな」

ユキさんのその言葉を待っていたように、部屋のなかにはごはんの炊き上がる匂いがした。それから、玉ねぎのお味噌汁《みそしる》の匂いも。

食欲をそそる匂いだった。贅沢《ぜいたく》ではないけれど、なつかしく健全な食事の匂いだった。朝起きたときから気持ちが悪くて、一日なにも食べていなかった母のお腹《なか》の虫が、ここぞとばかり鳴き出した。

「でも、これ以上、ご迷惑は」

「若いひとは遠慮をしないの。できるまで寝てらっしゃい」

そう言って、ユキさんはごはんのしたくに戻っていった。

ハイツかつらぎに来て十年。その間、そう言えばほかの部屋にはいるのはもちろんのこと、ちらと垣間《かいま》見ることもなかったことに、母は気づいた。住人同士の付き合いが皆無とはいえ、不在時の宅配便を預かったり預かってもらったりすることくらいはある。けれど、その受け渡しは玄関口で行われる。必要以上に立ち入ること立ち入られることを、だれも望んでいないのだ。

そして二階に住む母は、一階の一番奥の部屋のユキさんの荷物を預かったことはなかったし、ユキさんにしてもそれは同じだ。この日までお互いに口をきいたことさえない。

同じ間取りの見知らぬ部屋を、母は失礼にならない程度にそっと見まわした。自分が使っているのと同じような安物のクローゼットと本棚代わりのカラーボックスがふたつ、壁際に並んでいた。カーテンはベージュの無地、クローゼットとカラーボックスのひとつはナチュラルな木肌色なのに、ひとつはオレンジ色で、それだけがアンバランスな感じだ。

それでも、清潔なその部屋は、住むひとの、余分なもののない清潔な人生を想像させた。

母の目にふいに涙が溢れた。悲しくなどなかったのに。それなのに荒れた日の海のようにこころが波立って、油断すると、大きな声をあげて泣いてしまいそうだった。でもここでそんなふるまいに及ぶわけにはいかない。そう母は思った。

母はわたしを妊娠していた。母は二十八歳で、子どもを持つには十分な年齢だったけれど、子どもを望んではいなかった。望んではいなかったが、妊娠がわかったときは産むこと以外の選択を母は考えなかった。倫理とか道徳とかそういうことではなくて、診察台の硬いベッドに横たわり、むきだしのお腹にひんやりとしたジェルを塗られ、エコーで勾玉《まがたま》の形をしたぼんやりと白い影を見たその瞬間に、母はわたしを産もうと決めたのだった。いや、決めたというのとは違う。決めるというのは、意を決して一段あがるような、あるいは逆に飛び降りるような、そんな力んだ心持ちがあるのだが、このときの母はまったくすんなりと、わたしはこの子を産むのだと思ったのだった。

それでも心配ごとがなかったわけではない。すでに子の父親である男と別れていた母にとって、自分ひとりの力でこの子を育てることができるかどうかが、最大かつ唯一の懸念だったのだ。

しかも母は、相手の男ばかりではなく、自分の母親の助けすらあてにすることができない状況だった。

親の期待に背いた娘である母を、祖母はよく思っていなかった。親の期待に背いたというのは、結婚もせず、勝手に子どもをもうけたことではない。そのことは伝えていなかったし、伝えるつもりもなかった。

ふつうの母娘《ははこ》だったら、離れた暮らしでなかなか顔を合わせられなくても、いや合わせられないならば余計に、電話やら手紙やらで近況を報告しあうだろう。でも、祖母と母のあいだにはそういうこころの交流のようなものは一切なかった。

　母が郷里に帰って祖母と顔を合わせたのは、その三年前の祖父の葬儀の時だった。

　子どものころは別として、大人になってからは、ヒステリックな母親より、穏やかな父親に対して、母は親の情を感じていた。小さいころはわからなかったが、祖母の感情的な暴力とでもいうようなものから、母を庇《かば》っていてくれたこともわかるようになると、なおさらにこころの底では祖父を慕った。

　だから、祖父が末期の癌《がん》で、余命が三か月もないと知らされたとき、見舞いに行く電車のなかで、母は涙が溢れるのを止めることができなかった。どうして癌になったのが祖母でなかったのかと悔やしくてならなかったのだ。母はそんなふうに思う自分をひどい娘だとは思わなかった。

　母と祖母のあいだが、修復不可能なほどにこじれたのは、母が高校生のときのことだった。

　地元の国立大学――祖父母はふたりともそこの出身で、卒業後、祖父は公務員に、祖母は教員になった――に進んで教師になってもらうのが、祖父母が母に託した望みだった。

　母はなかなかの優等生であったし、なにより親の言いつけを守るおとなしい娘だったのだから、祖父母の願いは易々《やすやす》と聞き届けられるはずだった。

ところが母は、東京の美大に進みたいと言い出した。美大に進み、ゆくゆくは絵を描いて生きていきたいというのである。

絵を職業にすることが可能だとは思えないと、祖父は意見した。

そんな勝手を容認するわけにはいかないと、祖母は激怒した。

毎晩、祖父母の母に対する説得が行われたが、母は頑として聞き入れなかった。

「こんなに強情な娘だとは思わなかった」

ある晩、自分を見て、憎々しげにそう言った祖母の声と顔を、一生忘れることはないだろうと、妙に冷静な頭で母は考えたものだった。それどころか、その顔をいつか描くかもしれないとさえ思った。

「子どものしあわせだけを願って生きてきたのに」

そう言って祖母が泣いた。祖母が泣いても、母は動じなかった。

嘘だ。そんなのは嘘だ。おかあさんが願うわたしのしあわせは、おかあさんのためにわたしがしあわせであることだ。わたしが心底しあわせだと感じたとしても、そのしあわせがおかあさんの気にいらないものなら、おかあさんは反対をする。

ずっと、そうだった。子どものころからずっと。だからわたしは、勉強した。いい子でいた。捨てられたくなかったから。嫌われたくなかったから。おかあさんを好きだと思っていたから。でももう止《や》める。おかあさんを好きだと思うこともおかあさんのために生きることも止める。

母は祖母を見た。じっと。そして、言った。

「おかあさんがほんとうにそう思ってくれるなら、美大に行かせてください。それがわたしのしあわせですから」

美大に行きたいと告げるのもそうだったけれど、その言葉を口にするのは怖かった。でもここで言わなければ、親の言いなりの人生になってしまうだろう。たとえ、捨てられたとしたってもう子どもじゃない、働いて生きていくことだってできる。

捨てられたってかまわないのだとそう思えたとき、突然からだが軽くなったようだった。それまでずっと水のなかにいて、うまく息をすることができずにいたのが、突然呼吸が楽になったようでもあった。すうっとこのまま、どこまでも泳いでいけそうだ。そんなふうに感じた。

その母のこころの変化を、敏感に感じとったのは祖母だった。もともと勘がいいからか、教師という職業によるものか、それとも母親だからか。それらのどれによるものかはわからないが、祖母はその一瞬を見逃すことはなかった。

「わかったわ」

と、祖母は言った。ついいましがたまで泣いていたことが嘘のような、きっぱりとした口調だった。

「美大を受けたいなら受ければいいわ。でも、浪人はさせません。そのためにも、地元の大学は受けなさい」

それを聞いたとき、母のこころは喜びでいっぱいになった。なんでも自分の思うようにさせたがると思っていたけれど、おかあさんはおかあさんなりに、ほんとうにわたしのしあわせをいちばんに考えてくれていたのだ。一瞬、母はそう信じた。祖母が次の言葉を口にするまでは。

「仮に美大に受かったとしても、教員免許はとっておきなさい。周りを見回せば、あなたの才能なんて、うぬぼれ以外のなにものでもないってわかるでしょうから。それがわからないほど愚かな娘だと思いたくはないわ。ねえ、おとうさん」

祖父に同意を求めたその言葉も、母を傷つけるのに充分だった。祖母は母に手をあげたことは一度もなかったけれど、言葉でならいくらでもひどく傷つけることができたのだ。それこそ才能かもしれない。

けれど母は、それでいいと思うことができた。そのほうが、かえってやりやすいくらいだ。少なくとも、そっちがそのつもりなら、という気持ちになれる。

親の意向に背いて美大を受けるのも、教師になど絶対ならないのも、そればかりじゃない、二度とこの家に戻らないのも、もう決まった。わたしが、たったいまそう決めた。そう思うことができたことに母は満足した。

「才能があるかどうかはともかく、教員資格を取るにこしたことはないとおとうさんも思う。教師は立派な職業だ。いまのお前は画家よりほかに道はないと思っているかもしれないが、四年のうちに気持ちが変わっていくことだってないとは言えまい。あのとき取っておけばとあとになって悔やむのでは残念だからね」

それまでほとんど口を挟まず、事の成り行きを見守っているだけのように見えた祖父が、そう言った。

「それでいいわね？」

祖母が念をおす。

それでいい、と母は答えた。

美大受験専門の予備校にも通わず、美大など受かるはずがない。地元の国立大学の教育学部の美術科にはいることができたらよほど運が強いというべきだろう。結局は、併願できる実技科目のない学科に決まるに違いない。祖母はそう高をくくっていた。

ところが祖母の予想に反して、母は合格したのだ。運も味方したのだろうが、母もけっして準備を怠っていたのではなかった。田舎町に美大受験用の予備校などあるはずもなかったが、母は一日もかかさずデッサンを積み重ね、また課題となる油彩にも力をいれた。高校の美術部の顧問の出身大学を第一志望にして、その先生から、受験の傾向を聞き、絵を見てもらった。そうして、母は合格したのだった。

母が合格すると、祖母は約束を守った。そういうところはほんとうにきちんとしたひとだった。

約束を守らなかったのは母のほうだ。どんなことがあっても教員にだけはならないと決めていたから、教育学だの児童心理学だのの授業を取る意味はなかった。その時間分、絵を描いていたほうがいい。

困ったのは、大学が四月になると、ご丁寧にも親にあてて前年度の成績表を送りつけることだった。幼稚園児じゃあるまいし、どうしてそんなことを大学がしなくてはならないのか、母には理解できなかった。母は学生課に出向いて送らないようにと頼んでみたが、特例を認めるわけにはいかないと取り合ってもらえなかった。

教職の科目がひとつもないのはなぜ、と母親から詰問を受けたとき、うちの学校では教員資格の授業は三年からしか取れないのだと言い逃れた。教員養成の学科に通っていた祖母は、母のその言葉を疑わなかった。

姑息《こそく》な方法だがやむを得ない。ことが明らかになるのは、四年の前期の授業料が払い込まれたあとだ。最後の授業料は払ってもらえないかもしれないけれど、そのときのことはそのときに考えよう。奨学金の申請をする方法だってないことはないのだ。ただ卒業後に制作活動をしながらの返済はできる限り避けたい。母は生活を切り詰め、アルバイトをし、仕送りが途絶えたあとの生活に備えた。それでも足りない分は夏休みにアルバイトを増やして貯《た》めるしかない。卒業制作を考えれば、アルバイトなどに時間を割《さ》いてはいられなかったが、それもしかたのないことだった。眠る時間を削ってもやるほかなかった。

四年の春、三年次の成績表が親元に届いてことが露見すると、祖母から早速、手紙が届いた。

祖母の怒りが尋常でないことは震える文字からもわかった。あなたが約束を反故《ほご》にしたのだから、仕送りは打ち切る。ただちに帰郷して地元で就職するように。これからは親の監視下でまともな道を歩きなさい。あのときわがままを聞いたのが間違いのもとだったのだ。そのことは親としても反省している。それにしても親を平気な顔をして騙《だま》すあなたの行く末がただただ恐ろしい、と手紙は結んであった。心配ではなく恐ろしいと書くところが、あのひとらしいと母は思った。

手紙は一度読んで捨てた。

読み返さなかったのは、立ち向かうのが恐ろしかったからか、面倒なだけだったのか、母にもわからない。ただ、高校三年のあの日に決意した、親のいいなりになって生きたりはしないということを実行するだけだった。

けれど、後期の授業料の納入とその後の月々の仕送りが滞ることはなかった。祖父が祖母を説得したからだった。卒業はしなさい。それまでに今後の身の振り方を考えるように。

それはなにも親のいいなりになることではない。これ以上の経済的な援助はしてやれないが、おまえはおまえの選ぶ道を行けばいい。そんな内容の手紙が今度は祖父から届いた。

両親の稼ぎによって得られるお金で学業を続けていくことは、母を後ろめたい気持ちにさせた。けれど、実際の生活を考えるとき、そんなことは言っていられないという結論にたどりつく以外なかった。

そのようにして大学を卒業すると、母は美術学校の絵画修復研究所に入学した。仕送りが途絶えなかったことが、さらに一年の猶予を母に与えたのだ。

芸大の大学院には修復を学ぶ講座があり、そこで力をつければ、美術史に残る名画の修復をすることも夢ではなかった。けれどそれは文化財保存学という学問を初めから系統だてて学ぶことを意味している。おそらく海外に留学することも必要となるだろう。それをするには、時間的な余裕と経済的な余裕の両方が必要なのだ。母はそのどちらの持ち合わせもなかった。一年。それが母が自身に与えることのできる期間だった。

芸大ではなかったけれど、母が選択した学校もまた確かなところだった。学ぼうという気持ちがあれば、そこで理論も技術もきちんと身につけることができる。細々とでもいいからそれで食べていくという決意をもった母は、だれよりも熱心な生徒だった。まして、二年かけて学ばなくてはならないところ――そこは二年で卒業するカリキュラムになっていた――を一年で済まそうと目論《もくろ》んでいたのだから、学校にとっては迷惑な話だし、本来なら受け入れられることでもなかったのだが。

母の熱心さに、芸大の教授でもあった講師のひとりができる限りの融通をきかせてくれた。一年目では受けることのできない授業を受けさせてくれたのだ。もちろん学校に内緒で。内緒でということになっていたけれど、それは表向きのことで、学校側も黙認していたのかもしれない。彼が学内でいちばん力のある存在だったことは、母にとってなにより幸運だった。そうでなければ、いくら意気込みがあったところで、仕事としてやっていけるほどの技術は身につかなかっただろうから。

母の幸運は、それだけではなかった。その一年が終わったとき、その先生は母に何人かの美術商を紹介し、修復の仕事を回すように算段までしてくれたのだった。

それから五年という時間が経った——。


顔見知りというだけの、立ち話さえ交わしたことがないひと。そのひとの部屋で、そのひとの布団に横たわって、母はそんなことを思い返していた。母を寝かせる前に、急いであたらしいものに取り換えてくれたのか、隅々まで糊《のり》のきいたシーツには畳み皺《じわ》が残っていた。その一連の作業がどのように行われて、自分がどうやって横になったのか、母はまるで思い出せなかった。

それでもそこにいると、安心できた。途方もなく深い安堵《あんど》感、そういったものに包まれていた。どうしてだろう。考えても答えは出ない。いやもう考えることすらできない。何年にもわたって緊張を強《し》いられてきたこころとからだが緩み、緩んだところから疲れが外へ外へと流れ出ていくような感じがするばかりだった。母はついまたうとうととしてしまう。

つぎに気がついたときには、部屋はほの暗くなっていた。母はもう一度ユキさんをさがした。まだユキさんとは知らなかったユキさんを。流しの上の蛍光灯だけつけて、その明かりの届くところで、ユキさんはひっそりと本を読んでいた。

母が布団を上げると、ユキさんは六畳間に折り畳みの丸テーブルを出した。黄みがかった青のやさしい色合い。ホリゾンブルーの絵具の色だ、と母は思った。女のひとの部屋だとは思えないくらいさっぱりとした部屋のなかで、水平線上の青に塗られたそのテーブルが鮮やかだった。不思議なことに、このテーブルが出されたとたん、色あせたオレンジのカラーボックスが悪目立ちしなくなった。

テーブルの上にユキさんの手料理が並べられていく。冷やしゃぶのバリエーションだと思えばいいだろうか、茹《ゆ》でたえのきを茹でた薄切りの豚肉でひとつひとつ巻いたものはお皿ごと冷えていて、煮物のかぼちゃからはほかほかと湯気が立っていた。赤の濃いトマトのざく切りの上には、みじんに切った玉ねぎとパセリとがぱらぱらとかかっている。お味噌汁は油あげと玉ねぎだ。

「ありきたりのものばかりだけれど、召し上がって」

食卓について、ユキさんが言う。

「はい、いただきます」

向かい合う位置に母も座った。

「おいしい」

かみしめるように言う母の言葉に、ユキさんが嬉《うれ》しそうにうなずいた。

「たくさん食べてね」

「はい」

出された料理は、贅沢でも、とくべつに手の込んだものでもないが、どれもがおいしい。空腹だったからではない。野菜は新鮮で、茹でただけの豚肉にはなんとも言えない甘みがあった。つけだれのポン酢のすっぱさが嬉しい。

勧められるままに、貪《むさぼ》るように食べてしまった。母は味噌汁もごはんもおかわりをした。

こんな食事をしたのは、上京してきて以来のことではないかと母は思った。この十年、切り詰めることにばかりこころを砕いていた。閉店時間が迫ったスーパーマーケットで、「30％引き」とか「半額」とかの赤いシールが貼られたものを優先して買うようになり、食べたいと思うことや味わうことなど二の次三の次だった。

いやひょっとすると、子どものころからずっとそうだったのかもしれなかった。食事とは空腹を満たし栄養を取るものと、そんなふうに思ってきたような気がする。赤いシールこそ貼られてはいなかったけれど、かつて祖母が買い求め、料理していたものは、いまの母自身が作っているものとさほど変わらない。

学校から帰ってきて、慌ただしく食事のしたくをする祖母の姿を、母はこのとき思い出した。そんなことを思い出すのは初めてのことだった。

「おいしかったです。とても。ごちそうさまでした」

箸《はし》を置いて、母はそう言った。

それから、あらためて目の前にいるひとを見た。

何度も会っていたのに、一度も口をきいたことはなかった。それなのになぜ、わたしはここでこんなにも安らいでいるのだろう。さっき思ったことを母はもう一度思った。具合が悪くなってうずくまっているところを助けてもらった。それだけで充分なはずだったのに、自分の部屋ではなくそのひとの部屋でぐっすりと眠り、夕食までごちそうになって、そしていままたこうしてお番茶をいただいている。まるで仲のいい女友達のように。仲のいい女友達。母はこころのなかでその言葉を復唱した。美大生だったころ、それも

一、二年生だったころには母にもまだそんな友だちがいた。けれど、親からの援助を一切あてにせず、絵を描くことと絵に関連した仕事——それは断じて美術の教師ではない——をして生きていくためには、遊んでいる余裕など微塵《みじん》もなかった。親に背いているのに、結局のところ親からの仕送りで生活しているのだという気持ちも、学生らしい気分から母を遠ざけた。

何人かいた友だちはだんだんと離れていった。どちらかといえば母のほうから離れていったのだ。

卒業した後、どこにも属すことなく細々とした暮らしをするようになってからは、女友達と呼べるような存在は皆無になった。そういう存在は生きることに余裕のあるひとたちにしか与えられないものなのだ。そんなふうに母は理解した。それからは、なんでも自分で考え自分で判断してやってきた。そうして母は二十八歳になり、父親を明かせない子を身ごもって、途方にくれていた。

それなのにどうしてだろう。ここにいると、そんなことはなんの心配もいらないことだと思えてくるのだった。

そんな母の気持ちを察したみたいに、

「もう大丈夫よ」

と、ユキさんが言った。小さくて穏やかな声だった。

「よほど疲れていたのね。でももう大丈夫よ」

ユキさんが、大丈夫という言葉をはっきりと繰り返した。

「えっ」

それからの長い付き合いのなかで、母は、ユキさんの「大丈夫」を何度も聞くことになる。そしてわたしも。ユキさんが大丈夫と言うと、不思議なことにほんとうに大丈夫になった。最後の一度だけを例外として。でもそれはもっとあとの話だ。母とまだ姿の見えないわたしが、ユキさんに出会ったときに話を戻そう。

ユキさんの「大丈夫」はまさにこのとき、わたしたちに最初の力を発揮したのかもしれない。

母は不思議に深い安心のなかで、この安心はこのひとがいるからにちがいないのだ、と思ったのだった。

これからは、このひとがわたしとわたしのお腹の子に寄り添ってくれる。部屋まであとわずかというあの場所で、もう一歩も動けないくらいの貧血が起きたのも、このひとと出会うためだ。母にはそれがわかった。

でもそのすぐあとで、それはあまりに都合のよい考えではないだろうかという思いに、母はとらわれた。このどうしようもない状況にあって、わたしはたまたま目の前に現れた、親切で、そして少しばかり孤独な感じの女のひとにすがり、そのひとを利用しようとしているにすぎないのではないか、と。

それでも、最初の直感は、母から去ろうとはしなかった。そればかりか、それは、ユキさんの「大丈夫」と同じ調子で、「心配はいらない」と母にささやき続けた。

これから起こることのすべてがわかっているようでもあり、同時になにもわかってなどいないようでもあって、母は混乱した。

そんな母を見て、ユキさんが言った。

「なんだか、あなた、まだぼんやりしているわよ」

「すみません。すごくご迷惑かけて」

「違うのよ、違うの。責めているんじゃないんだから」

ユキさんは母を安心させるように慌てて笑う。

「そういえば、わたし、あなたの名前も訊いていなかった。わたしは飯田《いいだ》です。飯田由紀《ゆき》。あなたは？」

「斎藤槙《まき》です」

「槙に由紀。ふうん、なかなかいいわね。音だけだと姉妹の名前みたいに聞こえる」

と、ユキさんが言った。

母もうなずいた。

「ねえ、変なことを言って気持ちの悪いおばさんだと思わないでほしいんだけど」

ユキさんはそう言って、母を見た。母もユキさんを見て、話の続きを待った。ユキさんはでも、なかなか続きを話そうとしなかった。勿体《もったい》ぶっているとか思わせぶりとかいうのではなかった。ユキさんはためらっていたのだ。ほんの少し怖がっていたのかもしれない。

「大丈夫です」

と、言ったのは母だった。そう言いながら、なんだか立場が逆のような気がするのだけれど、と、母は思って、笑った。

「なんていうんだろう。わたしたちはこれから、なんていうか、言い方が難しいんだけど」

そう言ってまたユキさんは黙り込んだ。

母は待った。ユキさんを見ながら。ユキさんは、居心地が悪そうだった。そしてそのままの感じで、

「仲良くなれそうな気がする」

と、言った。

「昔から知っているひとのような気がします」

ぽつりと母が言った。裏表のないそのままの気持ちを口にしたのだ。

「ほんと？　わたしもそう思ったのよ。長いこと音信不通になっていた遠縁の女の子に、突然再会したみたいだった」

「久しぶりの再会なのに、わたしはとてもみっともなかったです。でも、とても助かりました。あなたが通りかかって助けてくださらなかったら」

「助けたなんて、あんなこと、助けたうちにはいらないわ。そんなことより、あなたがわたしと同じように感じてくれていたのが嬉しいわ。ほんとよ」

と、ユキさんは言った。

ありがとうございました。いつものわたしだったら、そうお礼を言って帰っているだろうな。そう思いながら、母はお茶を飲んだ。ぐずぐずしていないでさっさと帰って、仕事の続きをしなくてはいけないのに。そう思うのに、暇乞《いとまご》いをすることができない。もっとここに、このひとの傍《そば》にいたいという思いが母をユキさんの部屋に留《とど》まらせた。

ユキさんがあたらしくお茶を淹《い》れなおしてから、ふたりはお互いのことをぽつぽつと話し始めた。

「母と折り合いが悪くて」

ユキさんのその言葉に母の胸がどきりとした。

「田舎もいやで、猛勉強して大学にはいったの」

大学にはいった年にハイツかつらぎにはいり——そのとき、ここは新築だったのよ、とユキさんは言った——卒業の年に採用試験を受けて、区役所の職員になった。旧盆にとる夏休みには二日、年末年始の休みには三日だけ実家に帰る。お盆には墓参りをして、年末は正月の準備を手伝い年越しをして新年を祝って、またここに戻る。それを毎年繰り返しているうちに、気が付いたら二十五年が過ぎてしまった。

「ときどき、じぶんにもべつの人生があったんじゃないかと感じることがあるのよ。たとえば、就職が決まったとき、ここを出ていたら。たったそれだけのことで、人生はまるで違う風景をわたしに見せたんじゃないかってね」

熱いほうじ茶のはいった湯呑《ゆの》み茶碗《ぢゃわん》を両のてのひらのなかに収めて、ユキさんは言った。寒い時にひとがあたたまるしぐさと似ていた。

「でもね。すぐ思い返すのよ。これはわたしが選んだ人生なんだってね。引っ越しをしなかったのもわたし。田舎に戻らなかったのもわたし。よそのひとからしたら、寒々しいものかもしれないけれど、でもわたしの性にあってるって」

そう言うと、ユキさんはほうじ茶をゆっくり飲んだ。

母はユキさんを見て、大きくうなずくと、

「わたしはもう何年も帰っていなくて」

と、言った。そして、傷んだ絵の修復をしながら、自分も絵を描いていることなどを母は話した。けれど、自分もまた母親と折り合いが悪く、何年というより、帰郷したのは、余命わずかな病床の父を見舞ったときと、その父の葬儀の、二度だけだということを口にすることは、まだできなかった。

母が、祖母とうまくいかないと感じ始めたのは、保育園のころのことだった。ごくたまにではあったが、仕事が終わって迎えに来た母親に抱きつこうとすると、かすかに身をひかれることがあったのだ。甘えたくてまとわりつくと、「おかあさん、疲れてるんだから」とからだをひきはなされた。それは、幼い母のこころを傷つけるのに充分だった。

祖母は中学校の国語の教師をしていて、母の記憶にあるかぎり、たいがい疲れていた。ときどき、ひどく機嫌が悪くなることがあった。機嫌が悪くなると、そうでないときには目につかない細かなことにまで目がいくらしく、どうでもいいようなことで怒られなければならなかった。怒られるというより、口汚く罵《ののし》られると言ったほうが適切かもしれない。たとえば、返事のしかたが悪いとか、椅子にぐにゃぐにゃとした姿勢で腰かけているとか、そういう理由で。

罵られるのはもちろんいやだったけれど、それよりも、そっと突き放されるほうが、母にはこたえた。

そんな祖母がやさしくなるのは、テストの点がよかったり、作文や絵のコンクールで表彰されたりするときだった。だから母は、テストではいつもいい点数がとれるようにがんばった。勉強が好きだとかおもしろいとかいうより、祖母をよろこばせたかったからだ。

　母が好きだったのは絵を描くことだった。絵を描いているときだけは、自分がなんの力もない子どもであるという現実を忘れることができた。ほんとうは勉強なんかしないで、絵だけを描いていたいといつも思っていた。

　市の児童絵画コンクールで、母は毎年のように入賞した。祖母は同僚の先生の名前をあげて、何々先生が槙の絵を褒めていたわよ、と教えてくれた。そのときだけは祖母も自慢げで嬉しそうだった。けれど、ではその絵を見て祖母自身がどう思ったのかは、母は聞いたことがなかった。

　祖母とは逆に、祖父はじぶんの感想だけを伝えて、母を褒めてくれた。母の絵は市役所にもよく飾られたから、同僚のお世辞だってあったに違いないのだけれど、祖父から一度もそんな話を聞いたことはなかった。

　母は、祖母が一度でもいいから、そんなふうに自分の絵を褒めてくれないかと思ったものだった。

　ところで、母にはふたつ上の兄がいた。わたしの伯父にあたるひとだ。

　祖母は、長男である伯父のことは可愛《かわい》がった。伯父が病弱だったせいもあるかもしれない。小さかったころ、伯父は小児ぜんそくの気味があって、ときどき発作に襲われた。夜遅く発作が出ると、祖母は一晩中でも伯父を抱き、背中をさすって少しでも呼吸を楽にさせようとするのだった。発作を起こしているときの小さかった伯父は苦しそうで、見ている母まで息苦しくなるほどだった。それでも、祖母に抱きかかえられている伯父を見ると、母はうらやましい気持ちになった。そのころはまだ、あのひとのことをどうでもいいと思えなかったから。そう、母は言ったことがある。

伯父は、小学校の高学年になるころにはほとんどぜんそくに悩まされることはなくなったが、そうなっても、祖母は伯父を壊れ物のように扱った。祖母が伯父に話しかけるときの口調は、母に話しかけるときよりはるかにやさしいように母には聞こえた。

小学校の高学年になると、忙しい祖母に代わって、母はずいぶんと家事をするようになった。夕食の準備や風呂《ふろ》場の掃除などだ。両親が共働きなのだから、家の手伝いくらいするのは当然だろう。でも腑《ふ》に落ちないのは、伯父にはそういったことが一切割り当てられないことだった。

たしかにお兄ちゃんはからだが弱かった。でもそれも昔のことだ。いまのお兄ちゃんは、健康な男の子じゃないか。母は一度だけ、祖母に向かってそう抗議したことがあった。どうしてお兄ちゃんは、ごはんのしたくも、お掃除もしなくていいのかと。

祖母の答えは簡潔だった。ぜんそくが出ないからといって油断は禁物であること。男の子は料理や掃除などする必要がないこと。それになによりお兄ちゃんは勉強が忙しい。

そして伯父もまた、それをいいことにして、家のことはなにひとつしようとはしなかった。

そういったことを母はそれまでだれにも打ち明けずに過ごしてきた。仲良しだった小学校時代の友だちにも、いろんなことを打ち明けあってきた中学高校時代の親友にも、話すことはなかった。大学の友だちにも。

大学のころには、母はもうそのことを考えないようにしていたし、実際、課題とアルバイトとをこなすのに必死で、思い出すひまなどなかった。そのうちに友だちと呼べる人間もいなくなっていったのだから、打ち明けようにも打ち明けられなかった。

ところがその日、ユキさんと母は、お互いの生い立ちやその折々で感じた気持ちのありようまで、かなり深く語り合ったのだ。昔からの親友のように。

「わたし、妊娠しているんです」

ユキさんがなにかを言って、そのすぐあとで母はそう言った。

その直前にユキさんがなにを言ったのか、あとからいくら考えても思い出せなかったが、妊娠には関係のないなにかだったのはたしかだ。

だからその唐突さに驚いて当然なのに、ユキさんはゆっくりと微笑《ほほえ》んだ。待ち焦がれていた言葉をいまようやく耳にしたというようなあたたかでやさしい微笑みに、母は、母の妊娠を待たれていたような気持ちになることができた。

母は嬉しかった。それまで生きてきたなかで、いちばん嬉しかったかもしれないと、いつだったか――わたしが小学校にあがる少し前のことだったと思う――わたしに言った。

「わたしがいるってわかったときより？　わたしがいるってわかったときは、嬉しくはなかったの？」

わたしがそう訊くと、

「自分ひとりでより、自分以外のだれかに祝福されて、それでほんとうに嬉しくなるのよ」

と、母は言った。

でも、それは訊くまでもないことだった。なぜなら、わたしは知っていたから。妊娠がわかったとき、母のこころに後悔と不安がどっと押し寄せ、母を打ちのめしたこと。それからユキさんに出会うまでのふたつきほどの間、母はこころをそのことでいっぱいにしていたこと。集中して仕事をしているときは、わずかにそれを忘れることができても、仕事の手をいったん止めてしまうと、またしても後悔と不安。後悔と不安。

あのころ、母はほんとうに怖がっていた。母が怖がるとわたしはかわいそうになった。でも、わたしは怖くはなかった。母は怖れてはいたけれど、わたしを手放すつもりは微塵もないということを知っていたから。

そういうことのすべてを、母のからだのなかでわたしは感じとっていたのだ。その記憶がわたしにはある。


母の妊娠を知ると、ユキさんは俄然《がぜん》張り切りだした。

「妊娠中は充分な睡眠と栄養をとらなくてはいけないのよ。と、言ったところで、わたしにその経験はないんだけど」

それはユキさんなりの冗談だったのだろうか。そう言ってユキさんは笑った。

「でもね、役所の仕事で保健所の妊婦講習に参加したことがあったから、知識はばっちりよ」

「ええ」

「ねえ槙さん、あなたちゃんと病院には行っているわよね」

「はい。でも……」

「でも、なに？」

「子どもの父親になるひとはいません」

「それがどうかしたの？　父親がいなくたって、あなたがいるじゃない」

そんな当たり前のことを、とでも言うようなユキさんのその口調、その言葉は、母をどれだけ励ましたかしれない。

「それでまだ産む決心がつかないとかなの？」

「いえ、それはありません」

母がはっきりそう答えると、ユキさんの顔にまたあの嬉しそうな微笑みが戻った。母はまた、赤ん坊の誕生を待たれているみたいな気持ちになった。

「でもいま仕事をしておかないと。このあいだ問い合わせてみたんですけど……ご存じですか、いま保育園って、０歳児の受け入れが全然なくて。おまけにわたしは自由業ですから。入園は会社勤めのひとが優先されるんです」

「それはそうかもしれないけれど……」

「あなたは家で仕事をしているんですよね。だったら、赤ちゃんを手元に置いていても、仕事はできますよね。個人商店の奥さんたちはみなさんそうしていますよって。それができるくらいなら、保育園なんて探さないですよ。なのに、そう言うんですよ、お役所は」

「なんだか調子が出てきたじゃない？」

ひやかすようにユキさんは言って、そのあとすぐ真顔になると、

「すみません」

と、詫《わ》びた。

母は、ユキさんがいましがたのひやかしを詫びたのだと思った。でも、そうではなかっ

ませんた。ユキさんは区の職員として謝っていたのだ。だから「ごめんなさい」ではなく「すみません」だったのだろう。ユキさんにしても、意識してのことではなく、咄嗟《とっさ》に出た言葉に違いない。

ユキさんの仕事のことは聞いたばかりなのに、母はそれをすっかり忘れていた。職業も年齢もどこかに消えて、ユキさんはただユキさんとして、母の前にいた。

「生まれるのはいつ？」

「来年の二月九日が予定日です」

「四月入園を確保するわ。まかせて頂戴《ちょうだい》」

力強くユキさんは言った。

このときになってやっと、ユキさんが区役所勤務なのを、母は思い出した。

「よろしくお願いします」

母は深々と頭をさげた。

それが、ユキさんと母とわたしの出発の合図だった。

3

その出来事のあと、わたしは母のお腹のなかで順調に育っていった。

ときどき、ユキさんが二階の母の部屋のドアをノックして、母とひと言ふた言、言葉を交わした。それからユキさんは階段をおりていく。ユキさんが行ってしまうと、母はまた仕事に戻る。出産後、わたしを保育園に預けるまで仕事はできないからと、母は精を出して仕事をしていたのだ。

生まれたわたしを保育園に預けるまでの一か月とちょっと、それはユキさんに言わせると、母体を休ませるために必要な最低限の時間だということだった。その間は仕事をするなど以《もっ》てのほか。それに、生まれてすぐの赤ん坊は二十四時間母親の隣で過ごさなくてはいけない、ともユキさんは母を諭した。

そんなわけで、二月生まれのわたしは、生まれながらの親孝行者なのだそうだ。一か月を母と密に過ごしたのち、四月から入園になるのだから。

母は、きりのいいところまで仕事をし終えると、道具をざっと片づけて——絵具がパレットの上に出ていれば、乾かないようにラップをかける。筆はすぐにまた使えるよう筆洗油で洗っておく——部屋を出る。そしてアパートの階段をおりて、ユキさんの部屋に行く。

ユキさんの部屋の前ではもうおいしい匂いがたちこめていて、安定期にはいってつわりからも解放された母の食欲をたちまちのうちに刺激した。

「もうたまらない」

母はそう言いながら、ユキさんの部屋のドアを開けた。「もうたまらない」は、ノック代わりの言葉だ。

母がドアを開けると、ユキさんはドアの脇にある台所に立って、まだなにかを拵《こしら》えていた。そうでなければ、使い終わったお鍋《なべ》とかボウルとかを洗っていた。そして奥の部屋——玄関をはいれば見える畳敷きの六畳間——にちらと視線を向けて「できてるわよ」と言った。

最初の日に目にしたように、そこにはホリゾンブルーの丸テーブルが出ていて、その上には、サラダやら煮物やらが載せられていた。どれもからだにいいものばかりだ。そして、たまらない匂いは、まだ食卓にあがっていないさば味噌煮だったり、豚の角煮だったりした。

ユキさんと母は、いつも向かい合って食事をした。

母から見ればユキさんの、ユキさんから見れば母のお腹のあたりに、テーブルの縁が作る水平線ができる。その青い水平線を、母は善き兆《きざ》しのように感じた。

「ちゃんと食べてる？　からだにいいものを適量」

妊娠中の娘を労《いた》わる母親のようにユキさんが訊く。

「ちゃんと食べてる。食べ過ぎないようにするほうが大変。仕事してると、お腹がすごく減るんだもん」

「仕事しているぶんは食べてもいいんじゃないかしら。体重の増加は？」

「理想的だって。血圧、タンパク、異常なし」

「よしよし」


そんなふたりの会話を、わたしは母のお腹で聞いていた。ただ聞くだけで自分の意見を言えないのが残念だった。

でも小さかったわたしがそう言うと母は、それは作られた記憶ねと言ったのだ。

「そうね、三つか四つのころ、いつかはよく、小さかったころの話をしてって言ったのよ」

そして母は遠くを眺めるような目をした。まるでその視線の先に、うんと小さいわたしともっと若い母がいるみたいに。そして、こう続けるのだった。

「うんと小さな子どもが小さいころの話をしてって言うんだから、赤ん坊のころのことか、さもなければお腹にいたころのことじゃない？　だから、そのころのことをママはあなたに話したの」

「お腹にいたころ？」

「そうよ。そりゃあ小さかったんだから」

「どれくらい？」

「いちばん最初はね、米粒ぐらい」

わたしはくすくす笑ってしまう。それはそうだ。米粒だなんて。

米粒のわたしは、まだなにも感じとることはできない。声を聞くことも。けれど、米粒のわたしは猛烈な勢いで大きくなり、手足が生え……。

「カエルみたいだね」

母の説明に、わたしは口をはさむ。

「そうよ。そのまえはおたまじゃくしみたいだったんだよ」

「うそ？　ほんと？」

おもしろくて、わたしは母に抱きついてしまう。母はわたしをぎゅっと抱きしめながら、

「それからだんだん人間の赤ちゃんのかたちになっていって、心臓ができる。顔には目や鼻や耳ができる。でもまだ目は見えない」

と、言った。

「じゃあ耳は？」

「耳は聞こえる」

「ほら、聞こえるでしょ。だから、いつかはちゃんと聞いたんだ。ユキさんとママの話」

「赤ちゃんにはおかあさんの声が聞こえます。だからやさしい声で話しかけてあげましょう。赤ちゃんは家族の声も聞いています。だからやさしい声で話しましょう」

と、母は言った。

「なにそれ？」

「妊婦だったときの母親学級で保健師さんがそう言ってた。でもね、声は聞こえても、話の内容はわからないの。お腹のなかには赤ん坊のための水があって、赤ちゃんだったいつかは全身それにつかっているわけだから。ほら、プールでもぐっていたら、プールサイドでさわいでいるひとがなにを言っているのかわからないでしょう？　それと同じ」

「わたしはとくに耳のいい赤ん坊だったんだ」

そうわたしは言い張った。

断じて作られた記憶などではない。わたしは、ユキさんと母が楽しげに話す言葉を聞いていた。ユキさんがわたしの誕生を待ち望んでいたのも知っていた。わたしはそのことを母よりずっとはっきりとわかっていたのだ。なぜってそれは、わたし自身のことだったから。

　だから、母のお腹のなかで、わたしも生まれるのを楽しみにすることができた。胎児だったわたしは大きくなると――おたまじゃくしでもカエルでもなく、人間の赤ん坊のようになると――、母のお腹を内側から蹴《け》って、早く出たいとアピールした。

　そのこともまた母は作られた記憶なのだと言った。

「あなたがよくママのお腹を蹴っていたのも、こんなに元気なんだから、男の子か、男の子みたいに元気な女の子かのどちらかに違いないって、ユキさんが言ったのも、ママが教えてあげたことよ」

「教えてくれたことは覚えてる」

「でしょう?」

　母は得意そうにそう言った。

　母からそう聞かされたことはしっかりと覚えていた。わたしにせがまれて、母は何度もこの話をしたのだ。

　話を聞くたびに、わたしは、母のお腹を内側から蹴っていた足の感覚や、伸ばした手が子宮の壁に触れたときの感覚を思い出した。早く、早く、早く生まれたいと、からだじゅうで叫んでいたわたし。

深夜、産気づいた母に起こされて――なにかあったら、勤務中だろうが夜中であろうがすぐ知らせること。ユキさんはくどいくらい母に念押ししていた。とっくに小娘という年齢は過ぎていたにしても、ひとりぼっちで子どもを産もうとしていた母にとって、ユキさんがいてくれたことがどれほど心強いことだったかしれない――ユキさんはタクシーを呼び、同乗して病院に行き、わたしの誕生に立ち会ってくれた。その後ぎりぎりの時間まで産院にいて、ユキさんはそのまま出勤した。

母が分娩《ぶんべん》室にはいっているあいだ、ユキさんは、分娩室の前に置かれたソファに座って、壁にかかっている時計を何分おきかで見たり、立ち上がって窓のところに行っては、そこから見える景色を眺めたりしていた。窓は病院の裏庭に面していた。庭には何本もの丈夫そうな庭木が植わっていた。まだ夜は明けていなかったけれど、病院の二階からこぼれる明かりと庭の片隅のソーラーライトの明かりとで、それらの木肌と葉の緑がユキさんにははっきりと見えた。

個人経営のその産院は、一階に診察室や待合室があり、二階に分娩室と新生児室に看護師たちの詰所があり、三階から上が病室になっていた。新生児室からはときどき、赤ん坊の泣く声が聞こえた。

ユキさんはソファと窓との行ったり来たりを繰り返し、分娩室では母が奮闘していた。痛みに耐えかねたような母の声が、分娩室のドアを突き抜けて聞こえるたびに、ユキさんは、ソファから窓へ、窓からソファへとせわしなく移動した。

何十回目、いや何百回目かもしれない、ユキさんが窓のところに立ったとき、東の空が白んでくるのが見えた。

夜が明けたんだ。ユキさんがそう思ったときだった。分娩室からすべての物音が一瞬途絶え、その直後に、元気な赤ん坊の泣き声が聞こえ出した。

一九九三年二月十四日午前六時三十七分。夜明けの少しあとの時間。それは、水平線に朝日がのぼって、海と空が青い色を取り戻す、ホリゾンブルーの時間だった。善き兆し、と、汗まみれの母は思った。


入院中の一週間、ユキさんは仕事帰りに毎日寄っては、母とわたしの顔を見ていった。三日目に母子同室になると、わざわざ新生児室まで出向かなくても、ユキさんはわたしを見ることができるようになった。それに、新生児室にいたわたしはガラス越しに見るしかなかったけれど、病室でなら触ることだってできる。

母のベッドのそばに置かれたちいさなベッドを覗《のぞ》き込んだまま動こうとしないユキさんに、母は声をかけた。

「抱いてやってくれますか？」

「いいの？」

生まれて三日目のぐにゃぐにゃしたわたしを、ユキさんはおそるおそる抱いた。ユキさんに抱かれたわたしはおとなしく、わたしを抱くユキさんは顔を紅潮させていて、母は、自分以外にそんなふうに大切にわたしを抱くひとがいることを、神様に感謝せずにはいられなかったという。

退院の日、ユキさんは真っ白なベビー服を手にわたしたちを迎えにきてくれた。わたしは味気ないネルの産着の上からその真新しいベビー服を着せてもらい、バスタオルにくるまれ、ハイツかつらぎに帰っていった。ユキさんも一緒だ。もしユキさんがお祝いにと持ってきてくれたベビー服がなかったら、わたしはネルの産着のまま、バスタオルにくるまれて、初めて外の世界の空気を吸うことになったはずだった。

「いつかちゃん、あなたの声が聞こえてきたときの気持ちを、ユキさんは一生忘れることはないわ。それから初めてあなたを抱いたときのことも」

と、ユキさんはわたしに言った。

「それはどんな気持ち?」

と、わたしは訊いた。

「それを説明するのはすごく難しいわね」

「どうして?」

「だってそれは、それまでの人生では味わうことがなかったような気持ちだったから。これからの人生でも味わうことがないだろうと思うけど。敢《あ》えて言葉をさがすなら……喜びが爆発した感じ」

「それがわたしだってわかって嬉しかった?」

「そりゃあもう」

そう答えたユキさんの顔はだらしないくらいにやけていた。


ものごころついてから、ユキさんとわたしは何度この話を繰り返しただろう。母に、小さいころの話をせがんだように、わたしはユキさんにこの話をねだった。わたしはそれを聞くのが好きだった。

わたしが生まれるとき傍にいてくれたユキさんが、分娩室前のソファでどんなふうに待っていてくれたのかをわたしは知らなかった。生まれる前までは、なにもかもというくらい知ることができたわたしだったのに、その瞬間は生まれるのに必死で、ドアの向こうにいたユキさんの気配を察することができなかったのだ。

ユキさんの答えは、わたしをすごくしあわせな気持ちにさせた。だから何度でもこの話を聞いた。何度でも何度でも、ユキさんは話してくれた。何度でも何度でもわたしをしあわせにするために。

けれど、それだけではなかった。この繰り返しが、ユキさんにとっても、あのときの感激を甦《よみがえ》らせることになったのだから。それを知って、わたしはさらにしあわせな気持ちになった。

まるで絵本の一節を読み聞かせてくれるみたいに、言葉使いひとつ変えることなく、ユキさんは話してくれた。絵本の一ページを見るみたいに、わたしは産院の廊下の窓から外を眺めるユキさんの姿を思い浮かべることができた。何度聞いても、話が拡張も縮小もされないことが、大事だった。それは、その話がほんとうであることのなによりの証《あかし》だったから。

この話をはじめて聞いたのは、保育園からの帰り道のことだった。それが保育園からの帰り道だったことははっきり覚えているけれど、いくつのときのことだったのかはわからない。三歳か四歳かあるいは五歳か。保育園時代なのだから、六歳より前であるのは確かだ。

わたしはユキさんと手をつないで歩いていた。まっすぐな広い道路脇の歩道。道路と歩道の境にはずっとハナミズキが植わっていて、白と赤の花を交互につけていた。

いまでもほぼ毎日、わたしはその道を歩く。それは駅前に続く道でもある。

駅に行くにはもっと近い道もあるのだけれど、わたしはその道を通る。遅刻しそうになるか緊急の用ができるかしないかぎり、そこが駅までのわたしの道だ。わたしはめったに遅刻しないし、緊急の用もほとんどない。二度ばかり、母の財布を届けに駅まで走ったことがあっただけだ。

その道にハナミズキの花が咲くと、ユキさんに聞いたあの日のことを、わたしはいままでも決まって思い出す。

4

一九九三年の春、ユキさんは約束通り、生後一か月のわたしを区立の保育園に入園させてくれた。

手続きの書類や保育のパンフレット一揃《そろ》いを持ってやってきたユキさんは、書類を一枚ずつ広げては、区役所の窓口で職員がするみたいに、丁寧に母に説明していった。保育の概要、書類の書き方、入園時に必要になるもの、そんなあれこれを。

基本の保育時間は、朝七時十五分から夕方六時十五分まで。さらに八時十五分までなら延長保育も可能だ。パンフレットに目をやりながら、母がつぶやくように言った。

「十一時間も預かってもらえるんですね」

「そうよ。知らなかったの？」

「ええ。区の保育園はもちろん、私立の保育園も、０歳児の受け入れはありませんって、断られてしまったから。でも考えてみればそうですね。ほとんどのおかあさんが保育園に預けてから会社に行くわけだから、それくらいの時間から開園していないと間に合わない」

「そう。そして、おおよそ八時間の勤務時間を足して、お迎えの時間が決められる。ところで、槙ちゃん、あなたはいつも何時間くらい仕事をするの？」

「正味で言ったら七時間か八時間かな。ただ、修復の仕事はとても神経を使うから、一時間とか、ものによっては三十分とかで、休憩するんです。そうしないと、ひどい失敗をしてしまうことにもなりかねないから」

「そうなったら、元も子もないものね」

「まったく。だから、立ち上がってこの部屋を歩きまわったり……」

「この狭い部屋を？」

「はい、檻《おり》のなかのくまみたいに」

「やだ槙ちゃん、くまの檻ならもっと広いわよ。ここ、歩けるところだってろくにないじゃないの」

そう言ってユキさんは笑った。

台所と六畳間を含めた母の部屋は、預かりものと母自身のものとの何枚ものキャンバス、イーゼル、スチール製の本棚で床面積の半分以上を占拠されていた。残りの空いている部分に母は、赤ん坊用の小さな布団と自分の布団を並べて敷いていた。赤ん坊用の布団には赤ん坊のわたしが眠っていた。

布団を敷いてしまうと、部屋の空きはほとんどなきに等しかった。

そのふたり分の布団を除《の》けて考えても、歩ける範囲は限られていた。たしかに動物園のくまだって、もっと広いところを歩き回っている。ユキさんの言葉に母も笑ってしまう。

「まあそれはそれとして。ということは、実際には八時間以上仕事をしているのね?」

と、ユキさんは訊いた。

「そうですね。それと、少しずつでも自分の絵を描きたいから。結局は……」

「時間があればあっただけ」

「あ、いまはなにもしていませんよ。鉛筆デッサンさえもしていないですよ。ほんとですよ」

母の言葉に恨みがましさがにじむ。でもユキさんは平気だ。

「当たり前です。産後は目を疲れさせてはいけないんですからね」

それからまた入園準備の話に戻ると、ユキさんはテキパキと説明を終わらせた。そして一転、遠慮がちな口調になって、「こんなことを言うのは筋違いだっていうことは充分承知しているのだけれど」と、切り出した。

ユキさんは、その部屋をぐるりと見回した。いや、見回すなどと大仰なことをしなくても、部屋のようすはひと目でわかってしまうし、それはついさっきも確認したことだ。ユキさんは勢いをつけるためと、それからおそらく母にこの部屋の狭さを再認識させるために、そうしたのだと思う。

「引っ越しをしましょう」

そう言ったときにはもう、ユキさんの口調にためらいは微塵もなかった。

「ここで、仕事をしながらいつかちゃんと暮らすのは無理よ。仕事をしているあいだは保育園に行っているとしても、そのほかの時間は？　仕事のものが片付いている状態でこれなんだもの、仕事を始めたらどうなるか。ねえ。それに、仕事のときに使うあのシンナーみたいな匂《にお》いのする液体……」

「筆洗油かしら？　それともテレピン油かな。どっちも匂うんです」

「それ、なんだかからだに悪そうだわ。いつかちゃんが吸い込んだら大変。それにね、いつかちゃんは六か月にもなればハイハイするようになるのよ」

ユキさんがそこで、目を細めてわたしを見る。

そんなユキさんを見て、ユキさんはまるでこの子の実のお祖母《ばあ》さんのようだと、母は思う。ずいぶんと若いお祖母さんだ。そして、母は、自分の母親のことを考える。わたしが生まれたことなどなにも知らない祖母のことを考える。

母は祖母のことをおかあさんと呼んでいた。実際に呼ぶときはもちろん、こころのなかで呼びかけるときも。でもいつのころからか、こころのなかで呼ぶときには、あのひとという呼称を使うようになっていた。母があのひとと呼ぶときは、母が祖母の言動を理不尽だと思うときだった。そう思う回数は母が成長するにしたがって増えていった。

そして、いつのまにかあのひと以外の呼称を思いつけなくなっている。

だから母は、あのひとは、と考える。

あのひとはわたしが美大へ行くことに反対し、それでも教職をとることを条件に許した。その約束をわたしが反故《ほご》にしたとわかったときの怒りかたには尋常じゃないものがあった。娘が自立し、進むべき道を自ら探し出し、その道を歩き出そうとしたのなら、応援してくれるのが親ではないだろうか。たとえそれが細くぬかるんだ道であっても。急な岩だらけの道であっても。そのためにどれほどの心配や憂いが襲ったとしても。でも、あのときのあのひとの憤怒は親心ゆえの恐怖からくるものではなかった。気に入らなかったのだ。わたしが自分勝手に道を決めたことが。許せなかったのだ。

でもどうして、と母はまた考える。

どうしてあのひとは、わたしを教師にさせたがったのだろう。あのひとは、教師をしていて、全然幸福そうじゃなかったのに。あのひとの口から出ることといえば、できの悪い生徒のことと、わけのわからない苦情を言ってくる親のことばかりだった。一度として、自分の生徒を誇らしげに語ったことはなかったし、教師という職業の喜びを聞いたこともなかった。

それなのに、なぜ、娘のわたしに教職を勧めたのだろう。

それはつまり、わたしが自由になるのがおもしろくなかったから？　わたしをしあわせにさせたくないと思ったから？　いくらなんでもという気持ちとあり得るという気持ちがぶつかって、そんなふうに思う――そんなふうにしか思えない自分を恥じた。子どもだったころそうだったように。

子どもだったころ……どうしていま、こんなことをわたしは思い出さなくてはいけないのだろう。わたしは、いつかとのこれからの暮らしを考えなくてはならないのに。そのことを考えるだけでいいはずなのに。

母は頭を振る。かつての記憶を追い払うように。でもそれはうまくいかずに、それどころか追い打ちをかけるように、さらに母に、小さかったころの記憶を甦らせた。

子どものころ、兄は愛されていて、わたしは愛されていないと、ことあるごとに思ったものだった。そう思って悲しくなると、そのたびにわたしは、兄の腕を思うことにした。兄が傍にいて見ることができれば、それを見た。ぜんそくに苦しむ兄の腕は細く、そこにはいくつもの注射のあとがあった。お兄ちゃんは病気で大変だから、だからわたしがおかあさんのことでいやなことがあっても我慢するんだ。そう思うようにしたのだ。

でも、そう思えないことも、ときどきあった。兄とわたしが時を違えて同じようないたずらをしたとする。同じようなことをしても、兄は叱《しか》られずに済むのに、わたしは叱られた。そういうことが続けて起きると、わたしの我慢も限界を迎えた。

限界を超えても、わたしはそれを直接あのひとや兄にぶつけることはできなかった。机にノートを叩《たた》きつけたり、拳《こぶし》が痛くなるまで机を叩き続けることが、精一杯のわたしの反抗だった。

良いことのときもそうだった。テストの点についても。兄は手放しで褒められたし、わたしはずいぶんと割り引いて褒められた。それでも褒められるのはやはり嬉しいことだった。だからいい成績もとろうとしたし――そして実際にとった――、いい子でいようとした――そして実際にいい子だった。

そんなあれやこれやを思い出して、母は泣きそうになった。

「槙ちゃん、ごめん。余計な口出しをしたね」

ユキさんが慌てた。

「そうじゃないんです。違うの、全然違うの」

と、母は言った。

「急に小さかったころのことを思い出しちゃって。思い出すつもりなんかなかったのに。どうしてだろう」

母がそう言うと、ユキさんは小さくうなずいた。

ユキさんには、母が、折り合いの悪かったという、そしていまは連絡さえ取っていない母親のことでこころを痛めたのだということがわかった。

ひょっとしたらこの子は、郷里にいる母親と連絡を取りたいのではないだろうか、とユキさんは思った。生まれたての赤ん坊を、いつかと名付けたこのすばらしい子を、見せたいのではないか。そう思わないはずがない。でも、この子はそれができないでいる。だから泣くのだ。

ユキさんは、同期の戸籍係に耳打ちして斎藤槙の戸籍を手に入れる自分の姿を思い浮かべた。あるいは、ひとがいなくなった夜遅く、こっそりと戸籍謄本《とうほん》を取り出す自分を。でも、実際にそんなことができるわけがないことも、また、万が一可能だとしてもそんな蛮勇に及ぶ勇気を持ち合わせてなどいないこともまた、ユキさんは自覚していた。

「ユキさん」

と、母が呼びかけると、

「大丈夫よ」

と、ユキさんは答えた。

母はまた泣きたくなる。ユキさんの前で泣きたくはないのに、泣きたくてたまらない。初めて会ったときも、それからも、何度わたしは大丈夫よと言われたことだろう。その折々が一気に母に迫る。

ユキさんはこれまでずっと、わたしを母親のように力づけてくれた。

だめだ、がまんできない。

母はついに泣いてしまう。いったん泣き始めると、涙は止まらなくなった。ぽろぽろと涙がこぼれる。

泣き止まないとユキさんが心配する。余計なひとことでわたしを泣かせたと気に病みもするだろう。泣き止まなくては。けれど母の意に反して、涙は次から次へとこぼれ落ちた。

「ホルモンのバランスが崩れるからね」

ユキさんが母の背中をさすりながら言った。

「赤ん坊を産んだあとは、一時的にホルモンのバランスが崩れて、情緒が不安定になりやすいの。でも大丈夫よ。いっときのことだから。先のことはゆっくり考えればいいわ。引っ越しのことも」

そう言って、ユキさんは母を安心させるように微笑んだ。

母も微笑み返した。まだ泣きながら。ユキさんでなくあのひとがここにいたら、あのひとはわたしにこんなふうな母親らしい気遣いを見せただろうかと考えた。母はそんなことは考えたくなかった。けれど、それもまた止めようのないことだった。そして考える端から答えはわかった。

それは、もしあのひとがそんな心配りをする母親であったなら、わたしはひとりでこの子を産むようなことはなかったろう、ということだった。

そして母はこころのなかでもう一度、深くユキさんに感謝をした。ユキさんに出会えた運命にも、同じように深く。そしていつのまにか自分が泣き止んでいることに、母は気づいた。

大丈夫。

ユキさんの言うとおりだ。引っ越しの話をしようと母は思った。

引っ越しについては母も考えていた。赤ん坊が安心して眠れる寝室と仕事場、独立したふたつの部屋があるアパートを探してもいたのだけれど、予算内で条件に合うアパートはなかなか見つからなかった。探せないでいるうちに、わたしが生まれてしまったのだ。

そういった事情を母がユキさんに伝えると、それだったらいい考えがあるわとユキさんは言った。もし、あなたが良ければばっていうことだけどね、と。

キャンバスに仕事道具。母の布団の横に並べられたベビー布団。ピンク色のふわりとした小さな布団もユキさんが用意してくれたものだ。その布団にくるまって、わたしはふたりの話を聞いていた。母のお腹のなかでふたりの話を聞いていたときよりクリアにふたりの声はわたしの鼓膜をふるわせただろう。

でもわたしはなにも覚えていない。生まれてからのわたしは、記憶を維持することができなくなってしまったみたいだ。この日のことは、ずいぶんとあとになってユキさんと母、ふたりから別々に聞いたのだ。

「そりゃあそうよ」

と、母は言った。

「ひとの記憶っていうのは大体三歳くらいから始まるものなのよ。それだってもちろん、ほんのところどころよ」

「違うよ。生まれる前のことはちゃんと憶《おぼ》えてるもん」

「言葉の理解が始まるのは生まれてからよ」

「でも、わかってた。生まれてから、なにもわからない赤ん坊になったの」

わたしは言い張る。これはほんとうのことなのだから、ひいてはいけない。

「とびきりの赤ん坊だった」

母が嬉しそうに言う。まるで大きくなったわたしはとびきりではなくて、赤ん坊のときはそうだったというように。

「ふん」

どこがとびきりなんだか。なにひとつ覚えていることができなかったというのに。そうわたしは思った。

とにかくあの日、赤ん坊だったわたしの傍で、ふたりは引っ越しの話をしていたのだ。


ユキさんが母に薦めた物件は、ハイツかつらぎから歩いて十分ちょっとというところにある古いマンションだった。町名は同じで何丁目というのが変わるだけだ。

「どう？　ここ」

そう言ってユキさんがひろげたコピーは、不動産屋で母も見た宮前《みやまえ》マンションの間取り図だった。

どんなに古くてもかまわないから、ハイツかつらぎから徒歩圏の、２ＤＫの安い物件を、母は探していた。その条件を伝えると、「１ＬＤＫなんですけど、相場よりずっと安いですよ」と、不動産屋は母に宮前マンションを薦めた。台所と居間を兼ねた八畳ほどの板の間と四畳半の和室からなっていた。

独立した二部屋にこだわっていた母は、このマンションのことは初めから頭になかった。間取り図を見ながら、不動産屋で口にしたのと同じことを母は言う。

「家賃は申し分ないけど、やっぱり二部屋ないと」

ユキさんは母のその返事を見越していたように、

「もちろんわかっているわよ。だからね、ここはそのままにして、こっちも借りるの」と、ユキさんは言った。

「両方ですか？」

「そう。ここは仕事場にして、槙ちゃんが通ってくるの。そしてそちらは住居だけにするの。そうすれば、そのなんとか油の匂いも、それから絵具やらなんやらの誤飲もふせげるでしょう。だって槙ちゃん」

「はい」

「六か月になれば、いつかちゃん、ハイハイし出すのよ。ねえ、いつかちゃん」

「ハイハイですか」

と、母がつぶやく。

「そうよ。そして手にふれたものはなんだって口にいれてしまうようになるの。仕事と家庭と、場所を変えたほうが、槙ちゃんにもいつかちゃんにもいい結果になると思うけど」

「両方、ですか」

母はまたつぶやく。

「両方借りるのはやっぱりきつい？」

うーんと母はちいさくうなって、頭のなかで計算をする。

「予定より多少高くなるけれど、区の保育園にはいれたので、その分が浮くので……」

「じゃあ、決まりね」

「たぶん……大丈夫かと思うんですけど」

煮え切らない母に、

「大丈夫よ」

と、ユキさんが言った。

5

そうして母とわたしはその古いマンションに引っ越した。

宮前マンションという名称は、持ち主の名前でもなければ町名でもない。マンションから北のほうに少し行ったところに、天祖《てんそ》神社という氏神さまを祀《まつ》るお社がある。お宮の前で、宮前というわけだ。正確には前というわけでもないのだけれど。

ハイツかつらぎは引き続き借りることにしたし、生活のものを母はほとんど持っていなかったので、引っ越しはあっけないくらい簡単だった。いちばんの大きな荷物が母とわたしの布団だったのだから。

四月一日、わたしを保育園に預けたあと、母は流しのタクシーを捕まえると、シーツで包んだ布団をトランクに押し込んでもらい、鍋や食器をつめた段ボールを抱えて、あらたな生活の場となる古ぼけたマンションにやってきた。

荷物を運び込んでも、部屋はまだがらんとしたままだった。ハイツかつらぎよりもさらに古いそのマンションは、壁紙と四畳半の畳があたらしいものと交換されていた。それだけでも、下見に来たときよりずっときれいで清潔な部屋に変わっていた。

母は、青い藺草《いぐさ》の匂いがする畳の上に大の字に寝転ぶと、大きくひとつ深呼吸した。

わたしはこれから、いつかを抱えて生きていく。

わたしには夫がいず、いつかには父親がいない。

でも。

「それがどうしたの？」

ユキさんの声が甦る。

そう、それがどうしたっていうのだ。わたしにはいつかがいる。いつかにはわたしがいる。そしてわたしたちにはユキさんがいるのだから。


母は飛び起きて窓を開けた。四階の窓からはたくさんの住宅と小学校が見えた。のちにわたしが通うことになる小学校だ。季節は春。二分咲きほどになった桜が、満開になる前の濃い色を見せている。

そんな風景を目にした母に、突然、無鉄砲な勇気が湧《わ》いてきた。

ひとりぼっちで、安定した収入も、将来の展望だってない。出産、引っ越しと続いて、すこしばかりはあった貯金も底をついてしまった。そんなぐらぐらと不安定このうえない足場の上で、落としたらたちまち死んでしまうような赤ん坊を抱えて、母は激しい希望が身の内に湧き起こるのを感じたらしい。

「それがどうしたっていうの。文句あるならかかってこい」

だれもいない部屋、その部屋の窓から身を乗り出すようにして、母はそう声に出して言った。世界中に宣言するみたいに。

そうしてわたしと母はその古いマンションに、わたしが九歳の年、小学校四年の春まで暮らすことになった。その年、老朽化のためにマンションが建て替えられることになって、わたしたちが引っ越し費用付きでそこを出るまで。

宮前マンションでの最初の春はとても印象的だったと母は言う。

「なにしろ母親になったんだから」

そういう母の口調は自慢げであり、楽しそうでもある。

「ま、いつかは覚えてないことだけどね、それはそれはきれいな春だったんだよ」

「覚えてない。もう歩けるようになってから、朝はママと、帰りはユキさんと手をつないで、保育園の行き帰りが結構楽しかったのは覚えている」

生まれてからのわたしはただの赤ん坊に、母の言うところのとびきりの赤ん坊になったのだから、その春の記憶は悔しいことにないのだ。

保育園は、越したばかりのマンションとハイツかつらぎの中間にあった。区内に四十以上ある区立保育園——保育園のことを調べてみて、母はそんなにも沢山の保育園があることを知って驚いた。私立の保育園までいれたら、さらに倍以上の数に上る。こんなに沢山保育園はあるのに、そして出生率は低下しているばかりだというのに、どうしてこの子ひとり分の空きがなかったのだろうと、こころのなかで行政を罵《ののし》った――のなかでもいちばん近い保育園だった。いちばん近い、というのも、もちろんユキさんの配慮だったにちがいない。

母は、朝七時に家を出て保育園にわたしを送り、そのままハイツかつらぎに向かう。そして夕方までめいっぱい仕事をして、六時にはハイツかつらぎを出てわたしを迎えにいく。わたしが一歳になるまでは、仕事を減らしてでもそうしなさいと、ユキさんに言われたのだ。

母はユキさんに頭があがらない。修復を待っている絵はたくさんあったし、貯金はなくなってしまったし、一日が二十四時間しかないのなら、睡眠を削ってでも仕事の時間を確保したいというのが、母の本音だった。でも、ユキさんは、せめていつかちゃんがひとつになるまでは、少しでも長い時間をいっしょに過ごしなさいと言う。それが後々の親子関係を円滑にすると信じて疑わないのだった。

「でも、一歳児に記憶はないですよ。それなら、わかるようになってから時間をとるほうが、いいんじゃありません？　いまは余分に仕事をしておいて」

ひとつきのあいだ仕事をしていない母は、少しでも長く仕事時間を確保したくて、そう言った。できることなら延長時間も含めてめいっぱい保育してもらいたい。そうしないと、遅れた分は取り返せないし、目先の生活だって危うい。いまはまず仕事をしたい。この子がふたつになり三つになり、母親といることをもっと欲するようになるまでは、というのが母の言い分だった。

「あなたの言いたいことはわかったわ」

と、ユキさんは言った。

そうは言っても、それが賛同の意でないことは、母にはすぐわかった。ユキさんが、この赤ん坊に関《かか》わることでそう簡単にはひっこまないということを、母はすでに、充分思い知らされていた。

「でも槙ちゃん、それはだめよ」

と、ユキさんは続けた。ほらきた、と母は思う。

「だめだめ、全然だめ。赤ん坊は、そりゃあ記憶はないかもしれないわ。でも、ちゃんとわかってるの。なにも二十四時間いっしょにいなさいって言っているわけじゃないじゃないの」

そして、最後はこう結ぶのだ。

「やってごらんなさい。大丈夫だから」

やるしかない。母は腹をくくる。

家から保育園、仕事場から保育園、そのどちらの途中にも立派な桜の木があった。

わたしが生まれた年の四月の初め、母はわたしを胸に抱き、桜の花が日ごとに大きくなっていくのを見た。

あたたかい日が二日も続くと、花は順番を待ちかねたように開いていった。三分咲き。そして五分咲き。そのあとで昨日までのあたたかさが嘘だったような寒さの日があって、花は寒さに耐えるように開花の歩みをとめた。

そうしてある朝、母は満開の桜を目にする。それが母には祝福のように感じられて、桜の花をしばらくのあいだ見上げてしまうほどだった。まるで初めてその花を目にしたひとのように。

ときおり、弱くやわらかな風が吹いた。桜の匂いがあたりにひろがる。胸に抱いている赤ん坊からはミルクの甘い匂いがしていた。

桜の匂いと赤ん坊の匂い。それは母にとって、祝福であり恩寵《おんちょう》であった。一九九三年の春の匂い。そうだ、大丈夫なんだ、と母は思った。

そして遅れないように保育園に急いだ。


保育園の先生たちはみな親切でやさしかった。保育園と保育士たちは働くおかあさんとその子どもたちの味方だ。母がひとりでわたしを産み、ひとりで育てていることがわかってからは、いっそう親身になってくれた。

たとえば、真奈美《まなみ》先生というまだ若い保育士は、その日のわたしのようすを母にさらにくわしく話すようになった。いつかちゃんはミルクを飲むのがほんとうに上手になりましたとか、よく飲んでよく寝るいい子ですと褒めるのだった。あるときは、今日は一日中ご機嫌でした、またあるときは、年上の子たちを目で追うようになりました、そういった細々としたことを自慢げに話してくれるのだった。

綾子《あやこ》先生といういくぶん年配の保育士は、そろそろ突発性発疹《ほっしん》の出るころだから急な熱が出ても慌てないようにとか、ミルクの飲み方にむらがあったとしても心配には及ばないというようなことを、折にふれて教えてくれた。

母は先生たちの心遣いを痛切に感じることができた。そしてほんとうに親身になるということがどういうことを言うのかを知った。

親身。その言葉の成り立ちを、母は考える。先生という職業についても。それはまた同時に、祖母のことに思いをめぐらすことでもあった。

保育士と教員。呼び名は違っても、どちらも先生という職業であることに変わりはない。けれど保育園の先生たちがあんなに楽しく幸福そうなのに、あのひとは楽しそうでも幸福そうでもなかった。それどころか、機嫌のいいときより不機嫌なときのほうが圧倒的に多く、しょっちゅういらいらしていた。家のなかは常に、あのひとの機嫌を損ねないようにしようという空気で満ちていたように思う。わたしよりずっと可愛がられていた兄でさえも、母の機嫌をうかがっていたのだから。

もちろん、あのひとが学校で相手にしていたのは、なにもわからない赤ん坊や無邪気な幼児ではなく、自分で自分を持て余しているような中学生たちだったのだから、同じ職業とひとくくりにして考えるのはフェアではないかもしれない。それでも。

それでも、保育士ではなく教員という職業を選んだのは母親自身なのだ。

あのひとは生徒に愛情を感じていたのだろうか。自分の子どもにさえうまく愛情をかけられなかったひとだ。生徒に愛情をかけることも生徒から慕われることもなかったのではないだろうか。生徒全員を同じようになどとは言わない、大勢の生徒のなかであのひとが愛情を注げるような特定のだれかがいて、先生と慕ってくれるような特定のだれかがいたら、あのひとはもっと教師としてしあわせになれたのではないだろうか。

それとも、あのひとのほんとうの望みはもっとべつにあったのだろうか。中学生相手に教科書に掲載された作品を教えるのではなく、文学の深い森をだれにも邪魔されることなく、ひとりこころゆくまで彷徨《さまよ》いたかったのかもしれない。

母は頭を振る。もういい加減、あのひとのことを考えるのは止めよう。そしてそれはうまくいく。母は、胸に抱いたわたしと、マンションと反対の方角に向かった。駅前に戻って、夕飯の買い物をするのだ。

とにかく一年。そのユキさんの提案は、後々の母娘の関係という、言ってみれば確かめようのないものばかりではなく、はっきりと目に見えるもの、形あるものを母とわたしにもたらすことになった。それは、ユキさんはもちろん、母自身でさえ、そのときには考えも及ばないことだったのだが。

わたしのそばで、一人分の簡単な夕食をすませてしまうと、母には時間がたっぷりと残った。赤ん坊のわたしはたいがい眠っているし、起きていても機嫌のいいときは、静かなものだ。わたしはぐずることの極端に少ない赤ん坊であったらしく、泣くのはお腹を空《す》かせたときとおむつが汚れたときだけだった。

そのころ家にはテレビがなかったから——テレビを買ったのは、わたしが五歳のとき。いつかに幼児番組を見せてあげたくて、と母は言っていたが、それだけの理由であるはずはなく、母の仕事の関係で必要ななにかがあったに違いない——母はわたしの顔を見てばかりいた。いくら見ても見飽きることがなかった。見ることに集中できた。

母はふと思いついて、わたしをモデルにデッサンを始めた。

紙の上に自分の手が線を描くのを、その線が形を作り上げていくときに感じる喜びを、母は久しぶりに味わった。わたしをただ見つめて飽きなかったとき、母は自分が未婚の母となったことを痛いくらい意識したが、デッサンを始めると、なんだか学生のころに戻ったような気さえした。

こうして母はその静かで長い夜の時間を、わたしを描いて過ごすようになった。眠るわたしを描き、むずかるわたしを描いた。ものをつかむわたしの小さな手を、まだ歩いたことのないわたしの足を描いた。わたしがハイハイをするようになると、そのわたしを描いた。初めてつかまり立ちをしたわたしの顔は誇らしげだ。歩き始めたわたし。離乳食に小さな指を突っ込むわたし。ドローイングブックはわたしの成長の記録となった。


土曜日になると、ユキさんが来た。ユキさんは「はい、お土産」と言って、必ず野菜や肉や魚を持ってきてくれた。そろそろお米を買わなくちゃと思っていると、お米の袋を抱えてやって来た。冷蔵庫をあけるわけでも、米櫃《こめびつ》を覗くわけでもないのに、ユキさんは毎週、ないものかなくなりかけている食料を携えてくるのだった。

「ユキさん、すごい。ちょうどお米がなくなりそうだったんだ」

「でしょう?」

「どうしてわかるの?」

「鼻がいいから」

ユキさんと母はいつもそんなやりとりをした。

気候がよければ、三人で散歩に出ることもあった。夏の暑い日や雨の日は、家のなかで過ごした。

わたしを見ているだけで退屈しなかった、とユキさんは言っていた。時間になると、ユキさんにわたしの相手を任せて、母は食事のしたくをした。

そんなふうにして一年が経った。

わたしは歩くようになり、母のドローイングブックは二十冊を軽く超え——それはいまではわたしのものとなって、わたしの本棚の最上段左端にある——、わたしは母を「ママ」と呼び、ユキさんを「しゃん」と呼ぶようになっていた。おそらくユキさんの「さん」をしゃんと発音していたのだと思う。

ただし、このころもまだわたしには自前の記憶はない。

わたしの最初の記憶は、四歳になる少し前のことだ。それが四歳の少し前だったというのは、母に教えられた。

玄関が寒かったこと、ユキさんが冬になるといつも着るキャメル色をしたコートを着ていたことはうっすらと憶えている。そして、その寒い玄関先で見た、ユキさんの嬉しいのと悲しいのと困ったのとがまざった顔は、なによりもはっきりと憶えているのだ。

わたしは母に抱かれたまま、ユキさんに手を伸ばし、母の腕のなかから出ようともがいていた。そして、「いーちゃんも。いーちゃんも」と言い募っては、帰るユキさんにいっしょに連れて行ってと訴えていた。

晩ごはんを食べ終わったら、ユキさんはもうひとつの家に帰る。三十年以上暮らしているハイツかつらぎに。それは毎日繰り返されていたことだったのに、だからまた明日になればユキさんに会えるのに、それがわかっていてどうしてあの日にかぎってわたしはダダをこねたのだろう。

「いーちゃんも。いーちゃんも」

せいいっぱいの力で自分のところへと伸ばされたわたしのちいさな手をにぎって、ユキさんは、なんとも言えない顔をして、「いつかちゃん、またあしたね」と言った。

ユキさんの姿が玄関の向こうに消えても、わたしは言い募った。

「いーちゃんも。いーちゃんも」

わたしはじぶんのことを「いーちゃん」と呼んでいた。そして、ママとしゃんといーちゃんの三人が家族だと知っていた。家族という言葉は知らなかったのに。

一年間の母子密着——母とわたしにとって可能なかぎりの母子密着ということだ——の期間が終わって、ユキさんを交えたわたしたちの暮らしにはいつしか一定のリズムができていた。

それが保育園二年目の四月一日からのことなのか、それとも母の仕事がこれ以上待ったなしの状態になって始まったことなのか、そのあたりのことは詳しくは知らない。

母が来ていた保育園のお迎えにユキさんが来るようになっていた。

お迎えはたいがい、一番か二番だった。

友だちはたくさんいて、先生はやさしく、だから保育園がどんなに楽しくても、夕方の気配がし始めると、子どもたちはみんな、家が恋しくなった。だれもがお迎えを待っていた。だからお迎えの早いわたしは、お迎えの遅い子からうらやましがられた。いいなあ。いいなあ、いつかちゃんは。そんな、言葉には出されることのないひとの思いを読み取ることも、保育園でわたしは学んだ。


友だちや先生にさよならをして、ユキさんとわたしは手をつないで宮前マンションに歩いて帰る。

時々、わたしより後に残っていた子が、おかあさんの自転車に乗ってわたしたちを追い越していくこともあった。

追い越しざま、「バイバイ」と上のほうから声が降ってきて、声のほうを見上げて「バイバイ」とわたしが言うときには、自転車はもう先に行ってしまっている。自転車をこぐおかあさんたちは、どのおかあさんもたいがい急いでいるのだ。

でも、わたしとユキさんは少しも急がなかった。ユキさんがわたしを急《せ》かせるようなことは一度もなかった。

帰り道でユキさんは、保育園で今日はどんなことをしたのかと訊く。わたしは、積木で遊んだことやお絵かきをしたこと、歌をうたったこと、外遊びをしたことなどを話した。給食を食べて、お昼寝をして、それからまた、積木をしたりお絵かきをしたり、先生が紙芝居を読んでくれたりしたことを、話す。

ユキさんはいつだってきちんと聞いてくれた。ユキさんがわたしの話をおろそかにすることがないのは、よくわかった。相槌《あいづち》の打ち方とか、つないだ手の握り方で、それはちゃんと伝わるのだった。

それからわたしが、ユキさんは区役所でなにをしたのかと、訊く。するとユキさんは、その日にしたことを細かく教えてくれる。当然わたしには見当もつかないことばかりだった。わたしにわかるのは、ユキさんがお弁当を食べたことと、そのあと歯磨きをしたことくらいだった。でもわたしは最後までしっかり聞いて、「今日もユキさんは忙しかったのね」と言う。わたしがそう言うと、ユキさんはたのしそうに笑うのだ。

このころわたしはもうユキさんを「しゃん」とは呼ばずに、ちゃんと「ユキさん」と呼んでいた。

家に帰りつくと、ユキさんは真っ先に、手洗いとうがいをする。それからわたしの手を取ってその手をユキさんの手でくるむように洗ってから、うがいをするようにと言った。そういうことは、母だったら思いつきさえしない。いま、外から帰ってきた母に手洗いとうがいを促すのは、わたしの役目だ。

手洗いとうがいをすませると、ユキさんは食事のしたくにかかった。

わたしはユキさんが晩ごはんを作る気配を感じながら、台所とひとつづきになっている狭いリビングにあるソファに座って、テレビの「おかあさんといっしょ」を見た。

わたしにとってその時間は、安心してのんびりできる時間だった。ときどき、わたしはテレビから目を離し、振り向いて、料理をしているユキさんの後ろ姿を見た。ユキさんがいるのはわかっているのに、わたしはそこにちゃんとユキさんがいることを確認しないではいられなかった。

やがて、リビングは肉や魚や野菜が煮えたり焼かれたりする匂いでいっぱいになる。ユキさんの作る料理は匂いまでおいしかった。

小学校にはいって、放課後の学童保育から友だち同士で帰るようになると、ユキさんは区役所からまっすぐ宮前マンションに来るようになった。

それからは保育園時代と変わらない時間が流れる。ユキさんはわたしに今日は学校でなにがあったのかを訊き、わたしはユキさんに区役所での一日を訊いた。

ただ、わたしが見る子ども向け番組が「おかあさんといっしょ」ではなく、子ども向けのアニメ番組になり、ダイニングテーブルに教科書とノートを出して宿題をやるようになったことが、わたしがもう保育園に通う幼児ではなく小学生の子どもになったことを示していた。

宿題をしていると、いつしかダイニングにその日のごはんの匂いがしてくる。

夕方はいつも、ほっこりとあたたかかった。晩ごはんのおいしい匂いがして、ユキさんがいて、ママはもう少しで帰ってくるなってわかっている、そんな果てしなく安心で、なんの心配もないひとときを、わたしは過ごした。

それなのにごくたまに、わけもなくそして無性にさびしくなることがあった。どうしてそうなるのかはわからなかったけれど、そのさびしい気持ちは、どうすることもできないのはわかっていた。ただ時間をやり過ごして、それが自然に消えていくのを待つしかないのだということは。時間が経って、食べ物の匂いがなくなるのと同じように。

いまもときどき、同じさびしさにおそわれる。

いまはもう、後ろを振り向いても、食事のしたくをするユキさんはいない。ひとりでそのさびしさをやり過ごす。

母はたいがい七時ごろに帰ってきた。

母が玄関をあけたとたん、仕事場の油絵具やテレピン油やらの匂いが部屋まで届く。

「ママ、おかえり」

なにをしていても、母の匂いがすれば、わたしは子犬のように飛んでいって、母に抱きついた。母のからだのどこかに顔をつけると、それはいっそう強く匂った。赤ん坊のわたしのからだによくないとユキさんが心配したその匂いこそが、わたしにとっての母の匂いだ。

「いつか、いい子にしてた?」

「うん、大丈夫だった」

「よかった」

「ママは?」

「大丈夫だったよ」

それが母とわたしの挨拶だった。

学校での出来事の逐一をわたしが話すのはユキさんで、母ではなかった。なんどでも言いたいこと、ユキさんだけでなく母にも話したいことだけを、わたしは母に伝えた。それで充分だった。

土曜日、区役所は休みだけど、母には仕事があった。半日授業のある土曜日にはユキさんはお昼すこし前にやってきて、お昼ごはんと晩ごはんを作り、わたしと過ごして、夜八時過ぎにハイツかつらぎに帰っていった。

母も休みをとる日曜日にはユキさんはやって来なかった。わたしたちは、晩ごはんだけでもいっしょに食べようとユキさんを誘うのだが、ユキさんはそのたびに、約束があるとか、明日までに書き上げなければいけない書類があるとか、理由をつけては断った。でもそれは、ユキさんが、母娘で過ごす時間を作るためにしているのだということはわたしたちにもわかっていた。

絵描きとしての母は相変わらず無名のままだったけれど、修復家としては着実に腕をあげ、付き合いのある画商たちの信頼を得ていった。仕事が途切れることはなく、母はわたしとの生活をなんとか軌道に乗せることができた。でもそれも全部、ユキさんの助力があってのことだ。

だから母はユキさんにきちんとお礼をしたいと思っていた。お礼ができるようになったのだということを伝えたい気持ちもあった。

けれどそのことで、母はユキさんをひどく怒らせてしまった。

母とユキさんは、月末に一度、食料品や日用雑貨の立て替え分の精算をすることになっていた。食料品の全額を払うのは当然だという母に、ユキさんは自分の分を必ず除いて請求した。そして、そのほかには一円たりとも受け取ろうとしなかった。仕事でしていることではないからというのがユキさんの言い分だった。

わたしがまだ小さく、母の収入が不安定だったころは、お土産だと称してユキさんが持ってきてくれる食材が、わたしと母の生活を支えてくれた。直接お金を渡すのでは母の気持ちを惨《みじ》めにするという配慮から、ユキさんは品物に代えて持ってきてくれたのだろう。それを母も、無邪気を装って受け取った。

公務員で独り身のユキさんにとっては、そんな出費は痛くも痒《かゆ》くもないものだったかもしれない。でも、それだって何年ものあいだ続けばそれなりの金額になる。それだけではない。ユキさんがし続けてくれた家事労働も、それを金銭に換算すればきっと莫大なものになるはずだ。ユキさんは同時に幼いわたしのシッターの役割まで引き受けてくれていたのだから。

それを少しでも返したいと母が言ったとき、ユキさんは怒ったのだ。憤った、というほうが正しいかもしれなかった。

「槙ちゃん、あなた、わたしをなんだと思ってるの？」

ユキさんの声は震えていた。泣いているからではない。声を荒らげないようにしよう、こころを穏やかにしようと努めて、震えたのだ。

「感謝してるんだもの。わたし、やっと返せるようになったのよ、ユキさん」

「感謝のお返しがお金の精算なわけ？　槙ちゃんがいましようとしているのは、月々の立て替え分の精算とはわけがちがうわよ。がっかりよ、お金の話を持ち出すなんて」

ユキさんの声はけっして大きくはなかったのに、ユキさんがすごい剣幕なのは、わたしにもわかった。とても傷ついて悲しいのだということも。

母はごめんなさいと言うのがやっとだった。

ふたりの傍で、わたしはどちらにも声をかけることができずに、おろおろしていた。しばらくのあいだ――わたしにはとても長い時間に思えた。でも実際にはそれほどではなかっただろう――だれも口をきかなかった。ユキさんも母もわたしも。

テレビをつけたいな、とわたしは思った。見たい番組があるわけではなく、ただにぎやかで平和な音を耳にしたかったのだ。

テレビ、つけてもいい？　喉《のど》のあたりで声にならない言葉がとまる。声が音を失って喉の粘膜に貼りついたみたいだ。でも、ユキさんも母もそのことに気づいてはくれなかった。

そのまま時間が止まってしまいそうだった。そうしたら、わたしの声は永遠に喉に貼りついたままになるかもしれない。そう思って怖くなったことを覚えている。

沈黙を破ったのはユキさんだった。

「どうしてだろう」

というユキさんの声が聞こえた。静かな声だった。

「槙ちゃんの性格だってわかっているのに、槙ちゃんはただほんとうにお礼をしたいだけだったのに、どうしてあんなにむきになったんだろう、わたし。でもお金は受け取れない。それは、わかってね」

母がうなずいた。

ユキさんは、一度ぐるりと首を回して、「さてと」と、言った。ユキさんが帰るときの合図の言葉だ。いつもの言葉だけれど、声がまだ少し硬かった。それでもユキさんはわたしを見てにっこりすると、「ユキさんは帰りますからね」と、言った。

「またあした？」

と、わたしは訊いた。それもいつも通りだ。でも、いつもと違う意味を込めていることにユキさんは気づいてくれるだろうかと、そう思いながら訊いた。

「またあしたね」

と、ユキさんは言った。

「ママがバカだったあ」

ユキさんが帰ったあと、母は叫ぶように言った。

わたしはまた不安になって、

「ユキさん、あした、来る？」

と、訊いてしまった。

「大丈夫。ユキさんは来るって言ったら来る。来ないときは来ないって言う。だから大丈夫」

その言葉どおり、翌日わたしが学校から帰ってしばらくすると、ユキさんが区役所から帰ってきた。わたしはユキさんに飛びついて「おかえり」を言った。


そんなことがあって間もなく、母が女性誌に取り上げられることになった。

できあがった絵を届けにいった画廊で、開催中の個展を観に来ていた女性編集者が母の仕事に目をとめたのだ。絵画修復という職業のめずらしさと、それに女のひとが携わっていることに興味を持ったということだった。

「傷ついた絵に魔法をかけるひと」というような見出しといっしょに、ハイツかつらぎの仕事場で作業をしている母の写真が載った雑誌が送られてくると、わたしたち三人はテーブルの上にそれを載せて、頭をくっつけあうようにして見た。

いったいどんなふうに撮ったら、あの狭くてみすぼらしい部屋がここまで広く、またいかにも仕事場らしく――すごい仕事をしているひとのすごい仕事場らしく――写るのだろうと、ユキさんもわたしも驚いてしまった。口にこそ出さなかったものの、母だって内心は驚いていたに違いないのだ。おまけに、仕事をしている横顔の母は、とても美人に撮れていた。

「ママも仕事場もびっくりするくらいきれいに撮れてるね」

と、わたしが言うと、

「ママは美人だもの」

と、ユキさんは言い、

「そうよ。いつか、知らなかったの？　ママはもともときれいなの。でも、あの部屋をきれいにするのは大変だった。掃除に二日、取材に一日、全部で丸三日も棒に振った」

と、母はぼやいた。

女性誌に載ったからといって、それがすぐに仕事と結びつくことなどない。美術専門誌なら話は別だろうけれど。だから母としては断れるものなら断りたかったし、実際、断り続けていたのだ。ところが、編集者の熱心さに、画廊のオーナーが助け舟を出したのだ。

「出てあげればいいじゃない。悪い話じゃないよ」

まったくなんてことを言ってくれるのだろう。母はこころのなかで舌打ちをした。

見ず知らずの編集者に拝み倒されたって突っぱねることはできるが、永田《ながた》さん——というのが画廊のオーナーの名前だ——にそう言われたら断ることは難しい。なにしろ彼は母にとって、いちばんの顧客なのだから。

それだけではない。永田さんは、画家としての母を励まし続けてくれてもいた。修復をすることが君の画家としての道を閉ざすことにはならない。それどころか、君が制作するうえでも多くのことを学べるはずだよ、と。そして最後に決まってこう結ぶのだった。納得のいく絵が描けたら見せてごらん。

修復から多くのことを学ぶ。永田さんがどれほど正しいことを言っているのかは、母にもわかっていた。注意深くなること、丁寧に作業をすること、修復の技術があがると同時に、自分が描く絵の技術も確実にあがっていくことに母は気づいていた。けれど技術があがればあがるだけ、自分の絵とはいったいなんだろうという疑問が湧《わ》いてくるのも事実だ。

結局のところあのひとが言ったように、と母は考えた。画家として身を立てるなんて、わたしにはできないことだったのだろう。でも後悔はしていない。教師にならず、故郷に帰ることなく、絵と関わりながら東京で生きていく手段として選んだ修復の仕事を、母は愛していた。

著名な画家のものであれ無名のひとのものであれ、そこに情熱や愛情が感じられる絵に、元の輝きが戻ることに母は喜びを感じた。それが自分の手によって行われたことだと思うと誇らしい気持ちにもなることができた。

夜、母はわたしが寝付くまで添い寝をした。本を読んでくれたり、ふたりで話をしたりするのだ。添い寝は小三の終わりまで続いた。随分と遅くまで続いていたものだが、当時は、それが当たり前のことだと思っていた。

仕事優先で食事のしたくまでひと任せの、そんな母親のもとで育つ娘を不憫《ふびん》に思っての、それが母にできる唯一の母親としての情愛の示し方だったのかもしれない。

わたしはわたしの日常にこれっぽっちの不満もなかったし、最初から存在しなかった父の不在を悲しむことも、さびしがることもなかった。だからもし母がそうした理由で引け目を感じていたとしたら、大間違いだったことになる。わたしが、わたしの父親のことをあれこれと想像したり深く考えるようになったのは、もっとあとのことだ。眠りにつくまで母がそばにいてくれたそのころではなく。

でもどんな理由からであれ、母の隣で眠りにつくのは心地よかった。

ときどきわたしは、母の小さかったころの――わたしと同じ年のころの――話をしてくれるように頼んだのだけれど、母は「そうねえ」と言うばかりで取りあってくれなかった。わたしはかつて母のお腹のなかで聞いた祖母についての母の言葉を思い出す。はっきりそうだということはできない。あのときの母の話には、あのときのわたしに理解できないものがたくさんあったから。でもわたしは、羊水につかってふやけていたわたしの皮膚は、母の思いを聞き取っていた。母のどこにも持っていきようのなかった、そしておそらくユキさんに話したときもまたどこにも持っていくことができないままでいた悲しみや悔しさを、わたしはわたしの皮膚を通して感じることができた。

　だから、そんな質問はしないほうがいい。してはいけない。それがわかっていたのに、小さかったわたしは、小さかった母がどんな子どもだったのか——なにが好きでなにがきらいで、どんなことをして遊び、どんな一日の過ごし方をしていたのか、知りたくてしかたなかったのだ。

　母がわたしに、子ども時代のことを話したのはもっとずっとあとになってのことだった。ユキさんが去り、入れかわりのようにわたしと母の生活に祖母が加わって何か月かを過ごすことになるときになって、母は重い口をひらいて少しだけ、話してくれた。

　そして祖母が、やってきたときと同じような唐突さでいなくなり、さらに、その後のわたしと母の混乱した日々が曲がりなりにも元の日常のようすを取り戻したころから、母はようやく子ども時代のいろいろなことを語ることができるようになったのだった。

　宮前マンションの四畳半の寝室で、当時のわたしが耳にしたのは、絵本を読む母のやわらかな声であり、同じ布団にくるまってわたしとたわいない話をするぼそぼそとした低い声だった。魔法のようにわたしを眠りに誘う声。

　魔法といえば、母が雑誌に載って間もないある夜のこと、母が突然、

「ママ、仕事、好きだなあ」

と、言い出したことがあった。

いつものわたしに語りかけるような口調ではなく、言わずにはいられないことをついに口にしてしまったとでもいうような言い方だった。

「ママが絵に魔法をかけるんだもんね」

と、わたしは言った。

「魔法なんてかけてないのよ。愛情を注ぎ、敬意を払うの」

「どういうこと？」

「傷んだ絵をお金をかけてまできれいにしようとする。そういう絵にはね、描き手はもちろんだけど、持ち主の愛情も宿っているものなの。だから、敬意をもって、きちんと扱ってあげなくちゃいけないの。そして、それだけじゃなくてね、持ち主と同じくらいの愛情を注ぐのよ。そうすれば、絵はちゃんと輝きを取り戻すの」

「絵が自分で？」

驚いてわたしは訊いた。わたしの頭のなかで、うす汚れた絵が満月みたいに輝き出した。

「ママと絵とが協力して」

と、母は答えた。

その答えはやはり、母が絵にとくべつな魔法をかけているようにわたしには聞こえた。

「すごいねママ。絵と協力するなんて」

と、わたしは言った。

「ママはいろんなものと協力するのが上手なんだ」

と、母は言った。

「いろんなもの?」

「いつかとか」

「わたし? わたしはものじゃないよ」

「そうだったね。それからユキさん」

「ユキさんもものじゃないよ」

「そうだったね。それから永田さん」

「永田さんもものじゃないよ。ママ、ものじゃなくて、ひとばっかりだよ」

「ほんとだ。おかしいなあ」

「おかしいのはママのほうだよ」

わたしたちはくすくす笑った。いつまでも笑っていられるような気がわたしはしていた。

布団はぬくぬくとあたたかく、母は楽しそうで、わたしはうんと幸福だった。

6

雑誌掲載から二年が経つころには、母の仕事はますます忙しくなっていった。そしてわたしは四年生になった。

四年生というのは、高学年ではないけれど、低学年でもない。卵サンドなら卵のところ、つまりいちばん大事な学年なのだと、担任の先生は言っていた。この学年をきちんと過ごせればこの先ずっと大丈夫だとも。この先というのが、どれくらい先をさすのかを先生は言わなかった。だからそれが、小学校を卒業するまでなのか、中学を卒業するまでなのか、それとも大人になるまで大丈夫ということなのかは、わからなかった。いまもわかっていない。そればかりか、四年生を果たしてきちんと過ごしたのかどうかも。

クラスでは——ほかのクラスでも——塾に行く子が一挙に増えて、放課後の遊びのやりくりが大変になった。女子のグループがさらに細分化された。女子はひそひそ声が多くなり、その反対に男子は特別な理由もなしに奇声を発するのが流行《はや》った。もちろん男女ともにそうじゃない子もいた。けれどだいたいにおいて、それが四年という学年だった。

わたしは、塾にも通っていなかったし通う予定もなかったし、習い事も一切していなかった。友だちで仲がいいのは、三年のクラス替えで初めて同じクラスになった彩音《あやね》ちゃんだった。三年のときから彩音ちゃんとわたしは大きなグループに属さず、たいがいふたりで行動していたから、わたしの学校生活はとくに変わったようには思えなかった。

それでも、四年生のときにはたくさんのことが起きた。

その最初が引っ越しだった。前に一度、少し話したと思うけれど、古ぼけてくすんだ宮前マンションがついに建て替えられることになり、立ち退《たちの》かなくてはならなくなったのだ。桜が咲き急ぎ散り急いで、葉桜になり始めた、平年よりずっと気温の高い四月の半ば過ぎの日曜日だった。

そのころには、日曜日に仕事をしないという母の決まりごとはことごとく破られていた。ほとんど毎日仕事をしなくては、受けた仕事をこなせなくなっていたのだ。

日曜日、母は朝寝坊して、すごく遅い朝ごはんというか、かなり早めのお昼ごはんを食べて、ハイツかつらぎの仕事場に出向いた。夕方までわたしは留守番だ。

出かけるとき、「なにかあったら、電話するか来るかするのよ」と、母は必ず言った。

「はあい」とわたしも返事をした。

けれど、なにかが起こることなどなかった。

初めのうちは、ひとりで何時間も過ごすのが不安で、ひょっとするとこれが母の言っていたなにかなのではないかと考えた。それで母の携帯に電話をかけたりもした。

「なにかあったの？」

電話に出るなり母は言った。

「そっちに行ってもいい？」

「どうして？」

「つまんないから」

「だめだめ、ママ、仕事してるの。用がないなら切るわよ」

「ユキさんのところに行ってもいい？」

「だめだめ。ユキさんは日曜はお休みしてるの。夕方には帰るから、そしたらいっしょにお買い物に行こう」

母の言うお買い物は近所のスーパーに行くことだ。日曜日はスーパーでパック売りのお惣菜《そうざい》を買う。母とわたし、それぞれが食べたいものをポンポンとカートにいれる。スーパーのお惣菜はユキさんのおかずよりたいがいおいしくない。でも、嫌いなものは買わなくていいので、妥協すべきところもある。ユキさんはいつだって栄養のバランスを考えているから、わたしが苦手なものでも平気で作って食べさせるのだ。

日曜日は栄養のバランスなんて考えない。ことによると栄養だって考えていないのかもしれない。「栄養は、給食とユキさんのごはんで充分足りているから」と、母は言う。

「いつか、お米だけ研いでおいてね」

「うん」

「じゃ、よろしく」

母は一方的に電話を切る。

そんな電話を何度か繰り返すうちに、わたしは日曜日の午後の過ごし方を覚えていった。図書館から借りてきた本を読んだり、漫画を描いて過ごしたりするようになったのだ。テレビはほとんど見なかった。日曜の午後にはまったくつまらないものしかやっていなかったからだ。

ひとりきりというのはとても静かだ。たまにどこかのドアのチャイムが鳴る音が聞こえたり、廊下を歩くひとの靴音が聞こえてきたりする。それは普段はほとんど気にならない物音、ひとりを余計に感じる音だ。

でも慣れてくると、ひとりでいるのも悪くないと思うようになった。喉が渇けば冷蔵庫をあけて麦茶や牛乳を飲み、飲み物といっしょにクッキーやお煎餅《せんべい》を食べた。そういうことをひとりでしていると、さみしさと気ままさとがまじりあった、奇妙に充実した気持ちになった。

その日も、そんな日曜日が始まろうとしていた。母はハイツかつらぎの仕事場に向かって、家を出たばかりだった。玄関先で母を見送って、テーブルの上に練習用の漫画用紙とペンを並べて、さあ描こうと思ったところに、スピーカーを搭載した粗大ごみ回収車みたいなにぎやかさで母が戻ってきた。

「いつか、大変大変」

「どうしたの、忘れ物?」

「違う違う」

母は興奮して同じ言葉を二度ずつ繰り返した。

「取り壊すんだって、このマンション。下の掲示板にお知らせが貼ってあった」

「えーっ。それって、いつかたち、ここに住めなくなっちゃうってこと?」

「そう。ぼろいもんね、ここ。耐震構造がきちんとしているかだって怪しいじゃない?」

「どうするの?」

「どうするって? 引っ越しでしょ。引っ越し」

「あのさあママ、わかってるよね?」

「ん、なにを?」

「引っ越しても、ユキさんとも離れないし、転校もいやだからね」

「もちろんよ」

と、母は言った。

それさえ約束されれば、どこに住もうとわたしは構わなかった。

ほんとうのことを言えば、わたしはもうひとりで留守番することもできた。小さいころからユキさんを手伝っていて、簡単な料理ぐらいは作ることだってできた。それでも、母とわたしはユキさんを頼った。わたしがひとりでいることができても、母がひとりでわたしを育てることに不安を感じなくても、わたしたちにはユキさんが必要だった。

父親がいなくて、祖父母も知らないわたしに、母親以外に甘えられる大人が、母親に叱られたとき、あるいは母とわたしが気まずい状態になったとき、逃げる場所が必要だという母の考えもあったかもしれない。もしそうなら、わたしは母に、その配慮の分、多く感謝しなければいけないと思う。


ところで、マンションの住民のなかには、引っ越し費用のほかに少しでも多くのお金を取ろうと立ち退きをごねるひとたちもいたらしい。けれど母の要求は、近いところに、ここより広い物件を手ごろな値段で見つけてもらうことだけだったから、なかにはいった不動産屋さんはとても親切にしてくれた。

結果として、新築ではないけれど宮前マンションと比べたら築年数はぐっと浅い、つまり当分のあいだ、建て替えの心配はなさそうな物件を、表向きの家賃より安く斡旋《あっせん》してもらうことになった。

次の日曜日、不動産屋さんに連れられて、母とわたしはマンションを下見に行った。エメラルダスⅡというわけのわからない名前のそのマンションは、宮前マンションからほんの一ブロックしか離れていないところにあった。その前を通ったことなら何度もあるし、道路を隔てて向かい合うように建っているのがエメラルダスⅠだということも知っていた。

でもエメラルダスⅡの中にはいるのはその日が初めてだった。一歩はいっただけで、宮前マンションと大違いなのに気づく。朝から薄暗かったロビーの代わりに、広々とした明るいロビーが現れた。そこには、大きな白い植木鉢に植えられた丈の高い観葉植物まで置かれていた。

「すごいね」

わたしが小さな声で言うと、

「すごいすごい」

と、母も小さな声で繰り返した。

不動産屋さんは、まるで自分の家を案内するみたいにわたしたちの前をすいすい歩いて、105号室のドアを開けた。ドアを開けると廊下があった。彩音ちゃんの家みたいだ、とわたしは思った。彩音ちゃんの家は一軒家で玄関も廊下ももっと広い。宮前マンションもハイツかつらぎも開けるとすぐ部屋が見えたから、わたしは彩音ちゃんの家で最初に現れた廊下に驚いたのだった。その廊下がエメラルダスⅡにもあるのだ。

廊下を挟んで右側に台所ともう一部屋、左側にトイレとお風呂があった。トイレとお風呂も別々にある。そして廊下の突き当たり、台所の先の部屋と隣り合うところにもうひとつ部屋があった。

「一階でも南が空いていますから、暗いということはないですね。家賃は上の階より安いですし、そしてなんといってもここですね。とくにお子さんがいるご家庭には嬉しい専用庭です」

不動産屋さんはそう言いながら、窓を開けた。

「うわあ」

母とわたしは同時に声をあげた。狭いベランダの先に、鉄柵《てっさく》で囲まれた小ぶりな庭があった。ああ、ここがいい、ここ。と、わたしはこころの中で言う。この声がママのこころに届きますように。

わたしたちの感嘆の声に気をよくしたのか不動産屋さんは、

「これだけの庭がある賃貸は希少物件です。ひと部屋分、余分にあるのと同じですからね」

と、自慢げに言った。

母がうなずくと、不動産屋さんは声をひそめるようにして、こう続けた。

「ここだけの話ですがね、みなさん、立ち退き料を多くとろうとして、大変なんです。けれど、斎藤さんはなにひとつうるさいことをおっしゃらずに同意してくださった。それで、とくべつにいい物件をお回ししているんです。これ以上のものはそうそう出ないと思いますよ。お決めになられますか」

「ふにゅ」

なにかやわらかなものを踏んでしまったみたいな声を母が出した。返事がうまくできなかったのだろう。母はそういう話が苦手なのだ。それに、母だけが強欲ではないように言われたことも面映《おもは》ゆかったに違いない。

文句を言わないもなにも、実はこの話が出る前から母は引っ越しを考え始めていたのだ。仕事は順調に増えて、もう少し多くの作業時間が必要になっていた。そこで母は住まいのほうにもうひと部屋あれば、帰ってからも仕事ができると考え始めていたのだ。そんな折も折、掲示板にあのお知らせを見つけた。立ち退きとなれば引っ越し費用が浮く、なんてすばらしいタイミング、と母はわたしの手を取ってはしゃいだのだから。

もちろん不動産屋さんはそんなことは知らない。母を欲のない人間だと信じきっている。

母とわたしは顔を見合わせてうなずいた。

それを、入居決定のしるしと取って不動産屋さんは最後にこう付け加えた。

「それで、ここの賃料なのですが、斎藤さんには額面より安くお貸しすることになっています。ですから、ほかの入居者の方にはくれぐれもご内密に願います」

宮前マンションとエメラルダスⅡは同じ不動産会社の持ち物で、便宜が図られたのだった。

早速、次の土曜日にわたしたちは宮前マンションからエメラルダスⅡに引っ越しをした。運送屋さんに運んでもらう本格的な引っ越しだ。母とわたしの持ち物はほかの家に比べればずっと少ないけれど、それでももう、ひとつの段ボールに詰めて、タクシーでというわけにはいかなかった。

引っ越しをした晩、とても嬉しいことがあった。我が家に初めて、泊り客があったのだ。ユキさんだ。

六畳の部屋に布団を敷きつめて三人で寝た。といっても布団は二組しかなく、母は敷布団一枚、わたしはマットレスだけ、お客さんのユキさんには両方を敷いた。その重ね敷きをユキさんがどんなに辞退したって、母とわたしは聞く耳を持たなかった。

「ユキさんはお客さまだす」

「そうだす、ユキさんはお客さまだす。大事なお客さまだす」

「お客さまは言うことを聞くだす」

わたしたちは代わりばんこにそう言った。そう言いながら、笑いころげた。

引っ越し業者が帰ったあと、わたしたちはずっとこの「だす」言葉を使っていたのだ。後片付けをしている最中も。ごはんを食べているときも。

「エメラルダスって変な名前だす」と母が言い出してから始まったことだった。

ついには観念したユキさんが言った。

「しかたないだす」

笑い病にかかったような「だす」の一日が終わって、わたしを真ん中にして、三人いっしょに布団にはいった。今日が終わらなければいいと思い、いい一日だったと思い、ユキさんがお泊りしたんだと思った。母が明かりを落とすと、一気に眠気が襲ってきた。

「そうだ、いつかちゃん」

ユキさんの静かな声がどこか遠くから聞こえるようだった。

「お庭になにか花を植えようか」

「うん」

「なにがいいかなあ」

「なにがいいかなあ」

わたしもユキさんと同じ言葉を繰り返した。そのあとの会話をわたしは覚えていない。

翌朝目が覚めたとき、わたしは眠りに落ちる間際に聞いたユキさんの言葉を思い出したけれど、それが実際に交わされた会話だったのか夢のなかのことだったのか、わからなくなっていた。

春に咲くオダマキ、夏のひまわり、秋にコスモス、冬のクリスマスローズを、ユキさんは時期を見て、そのささやかな庭に植えていった。そっけない鉄柵にはそれに添わせてレッドロビンを植え、生垣にした。ユキさんの選んだ花はどれも、多少日当たりが悪くても植えっぱなしであっても、季節が来ればうつくしい花を咲かせた。いまでもそれは、咲く。

ここにいます。ほら、ここです。忘れずに咲きました。花たちはそう言っている。そしてそれは、花の声であるのと同時に、ユキさんの声でもあるようにわたしには聞こえる。わたしも忘れない。花とユキさんに、わたしは言う。花が咲くたびに。

7

「みのりさんが出るから、いっしょにテレビを見よう」

突然、母がそう言い出したのは、引っ越しをした年の秋のことだった。庭にコスモスが咲いて、毎日眺めていたころのことだ。

水曜日の夜の、そろそろ九時というあたりだった。子どものころ、わたしの就寝時間は九時と決まっていたから、その時分には、明日のしたくも歯磨きも済ませていなければならなかった。パジャマにだって着替え終わっていた。

エメラルダスⅡに引っ越してから母は、わたしが布団にはいったのを見届けると、隣の部屋で仕事をするようになった。添い寝のかわりに、壁の向こうに仕事をしている母の気配を感じながらわたしは眠りにつく。かつてユキさんが心配した油の匂いもうっすらとする。

それらがわたしの家の夜の九時という時間だった。それなのに、母はこれからテレビを見ようと言ったのだ。みのりさんってだれなのだろう。でもわたしがいちばんに訊いたのは、「まだ起きてていいの？」だった。

「今日はとくべつ」

「えーっ、びっくり」

栄養にうるさいユキさんと睡眠時間にうるさいママ。わたしはふたりを大雑把にそう区分けしていた。母が睡眠時間にうるさいのは、わたしの健康を慮《おもんぱか》ってのことではなく、わたしを早く寝かせて仕事をしたいからだけれど。その母が、いっしょにテレビを見ようと言うのだ。とくべつなのは間違いがなかった。

「みのりさんってだれ？」

と、つぎにわたしは訊いた。

「ママのいちばんの友だち」

と、母は答えた。

その答えはわたしをほんとうに驚かせた。母に友だちがいるということに驚いたのだ。どんなに頼んでも、母の子どものころの話を聞くことはできなかった。それに比べたら、大人になってからのことはずいぶんと教えてもらった。美大での生活やそのあとに通った美術学校での修復の勉強。出会った先生のこと。画廊の主人たちのこと。そのあたりから母の生活は、ずいぶんと彩りを濃くしていったように見えた。けれどそれらの日々のどこにも、友だちという言葉は出てこなかったし、それに近いニュアンスをもつ言葉、あるいはひと影のようなものもなかったように思う。

でもこの時、母ははっきり友だちと言った。友だち。それも、いちばんの友だちと。わたしは彩音ちゃんを思い浮かべる。母にも彩音ちゃんのような友だちがいたのだろうか。

「ほら、始まったわよ」

母の声でテレビに目を向けると、そこに一組の男女が映し出されていた。

「このひとがみのりさん」

と、母が言った。

番組の司会を務めているキャスターらしきそのひとは、母よりずっと若く、学生時代の友だちではなさそうだった。ならば、どのような友だちだろう。もしかして、とわたしは思った。みのりさんと母が呼ぶこのひとは、母に絵の修復を頼んだのだろうか。有名な画家の絵だったかもしれない。無名のひとのものだったかもしれない。それはどちらでもいいのだと母は常々言っていた。大事なのは、その絵にどれほどの情熱があり、その絵に対してどれくらいの愛情が注がれているかなのだと。でも、わたしは想像しないわけにはいかなかった。

そうだそれは、みのりさんのお祖父《じい》さんとかひいお祖父さんとかが描いたものかもしれない。とても大切な絵だ。みのりさんはだから、人任せにせず、画廊での受渡しに直接やってきて、母と仲良くなったのだ。一枚の絵に対しての共通の愛情が、みのりさんと母を友だちにした。そう思ってみのりさんを見てみると、それ以外にないと思えてきた。

「ママに絵の修復を頼んだんでしょ」

と、わたしは言った。

「だれが?」

「みのりさん」

「ううん、みのりさんはママの学生時代の友だち」

「こんなに若いのに?　ママよりずっと若く見えるけど」

「やだ、違うわよ」

でも、ほんとうのことだからしょうがない。このひとはほんとうに若く見えるんだもの。こころのなかでわたしは言った。

「そうじゃないの。みのりさんは男のひとのほうよ」

「えっ。男なのにみのりっていうの？　変わってるね」

テーブルの上に載っていたＤＭはがきの余白に母は「穣」と大きく書くと、

「こういう字。みのるって読むほうがふつうかな」

と、言った。

「ふうん。みのるだったら、男のひとだってわかる」

と言うわたしの言葉を母はもう聞いていない。そのときにはすでに母のからだはテレビのほうを向いて、注意はみのりさんに注がれていた。

そのときに限ったことではない。そういうことはそれまでにだって、たびたびあった。母はなにかに――といってもそれは仕事か仕事に関することだけれど――夢中になると、ほかのことは見えず聞こえずになる。すさまじい集中力だ。

いまでこそそんな母の並外れた集中力をうらやましいと思うけれど、当時はとてもそんなふうには思えず、そのたびに、わたしの心臓は小さな針でちくりとやられたような痛みを感じた。どんな刺激も繰り返せば慣れるというけれど、わたしはそれにはちっとも慣れることはなかった。慣れない代わりに、わたしは平気なふりをした。

わたしのふりにも母はまったく気づくことはなく、そのことでまたわたしは少し傷つく。母に悪気がないことで余計に。

けれどユキさんはちがった。ユキさんはわたしのことにならなんだって気づいた。ときには、気づいてほしくないことまで。

「ママ」と、ときどきユキさんは言った。ふだんは「槙ちゃん」と呼ぶのに。そしてそのたびにユキさんはエプロンの端で手を拭《ふ》くような仕草をした。

実際に濡《ぬ》れた手を拭《ぬぐ》うこともあるのだけれど、その必要がないときもユキさんはそうした。どちらかといえばそちらのほう——仕草だけのほうが断然多かった。そうしないでは落ち着かないというようだった。なぜなら母を「ママ」と呼ぶときは、ユキさんは母を窘《たしな》めなければならなかったからだ。

「ママ」というたった二音で、ユキさんは、「あなたはいつかちゃんの母親なんですよ。小さい子どもはいつだって母親を求めているものだけど、いつかちゃんは、いま、あなたにこちらを向いてもらいたいと思っているんです」と伝えたのだ。

そんなことができるのは、そしてそんなことを言ってくれるひとは、わたしたちにはユキさんしかいなかった。

その日、ユキさんはテレビの放送が始まる前には帰ってしまったので、母は思う存分、みのりさんに集中することができた。向かいあって座っているわたしにも、テーブルの上

につい さっき名前を書いたDMが載ったままなのにも、気がつかないみたいだった。

そんな母をちらちら見ながら、わたしもテレビを見た。画面のなかではみのりさんが、

「どう生きてきたかじゃないでしょうか」

と、言っていた。

言い終わると、みのりさんは笑った。その瞬間、なんだか花が咲いたみたいだと思ったことを覚えている。

百合《ゆり》のような白く大きな花がふわりと開いたような、そんな笑顔だった。たったいまの自分の発言を自慢しているとか、多くの人が見るテレビ番組の中で気の利いたことを言ってやったぞ、とかいうのでは全然なかった。みのりさんのなにもかもが――百合の花が開くような笑い方までが――自然だった。

「それが全部、設計図にあらわれるんです」

と、みのりさんは続けた。

どう生きてきたかが設計にあらわれる。みのりさんはそう言ったのだ。

みのりさんの前に座っているキャスターが大きくうなずいた。

それが合図のように、画面にはどこかの家が映し出された。大きな家だった。その家が実際にはそれほど大きな家でないことを、後にわたしはみのりさんから教えられた。「この家と同じくらいだったかな」と、ある家の前でみのりさんが言ったときには、その大き

さというか小ささに驚いたものだ。ただ、実際の大きさを知っても、広々とした部屋がガラスで覆われ、部屋のまわりを幅広のベランダが囲んでいるゆったりとした家だったという、あの最初の印象は変わることはなかった。どんな仕掛けが施されているのか、部屋のなかからすぐ目の前に海が見えたことも。

海が見えた瞬間、

「わあ、海だ」

テレビ画面に向かって、わたしは思わず声をあげた。

「うん、海なんだな、きっと」

と、母が言った。

わたしは驚いて、ひどく驚いて母を見た。なぜなら、一度集中のスイッチがはいると、母はわたしなどいないのと同じになるからだ。わたしの声など聞こえたためしはない。悪気があってのことではない。母が母なりに愛情を注いでくれているのだということは、注ぎ続けてくれているのだということは、わたしにはよくわかっている。そのことはユキさんにも言われる。父親と母親がふたりがかりですることを、あなたのママはひとりきりでしなくてはならないのだから、その分は割り引いて考えないといけないという。母がいないとき——仕事が終わらず約束の時間に帰ることができなかったりするとき、ユキさんはそんなふうに母を擁護する。でも、母に約束を破られればやっぱり傷つく。頭で理解することところが感じることは別なのだ。ユキさんはそのことも知っている。だからユキさんは、わたしに向かっては母を庇《かば》い、母に向かってはわたしにもっとこころを砕けと諭すのだ。

「海」

もう一度母が言った。

「この家のポイントはあの海なのよ。この家を作ってほしいって思ったひとがいちばん大事にしたかったのは、海だったのね」

「そうなの？」

「そうよ。だから穣さんは、海がいちばんきれいに見える家を作ったの」

「このひと、大工さん？」

「大工さんではないわ。穣さんは建築家」

「建築家って大工さんとは違うの？」

「建築家っていうのはね、こういう家はどうですかって、いちばん初めに考えるひと。なにもないところからね。その考えに従って実際に家を作っていくのが大工さんたち」

テレビの画面には別の建物――個人の住宅ではなくもっと公共性を持った建物が映し出されていた。母とわたしは自然に注意をそちらに向ける。

ガラス張りの廊下に明るい陽射しが射し込んでいる。廊下は回廊になっていて、草花の咲いている中庭が見えた。中庭には草花のほかに背の高い樹《き》も何本か植えられていた。それがなんという樹なのかをわたしは知らなかったけれど、ほっそりとしていかにも優しげな感じがする。樹上に枝を張るという風情ではなくて、やわらかな緑の葉を下のほうからつけながら成長していくという感じだ。

「白樫《しらかし》がきれいね」

つぶやくように母が言った。

「散らかし?」

わたしが聞き返したとたん、母が笑った。母の笑い声が楽しそうで、わたしは嬉しくなる。でもわたしは、母を楽しくさせたくてそう言ったのではなかった。白樫という言葉を知らなかっただけだ。それで、散らかしに聞こえた。

「こんなに散らかしたのはだれ?」それは、だれかわかっていてユキさんが言う言葉だったから。

「〝ち〟じゃなくて〝し〟。しらかし」

と、母は言い、さっきのDMはがきに手をのばすと、「穣」の横に「白樫」と書いた。

その三つの漢字のなかでわたしが読めるのは白だけだった。白と書かれるからには、この樹は白い色をしていなければならないはずだったけれど、それはどう見ても白ではなかった。

「白樫粗樫《あらかし》あなおかし」

歌うように母が言う。

「なにそれぇ？」

そうわたしが言うと、母は「白樫」の横にあらたに「粗樫」と書き加えた。

「どっちも樫の木よ。白樫のほうは葉の裏がいくぶん白っぽいかしら。粗樫のほうは、葉の形がぎざぎざしてるの」

「すごい。ママ、樹にもくわしいんだ」

「なんといったって、ママの名前は槙だから。槙の木の槙。前に教えなかったっけ」

「教えてもらった。でも、ママはママだから」

「なんだ、それ」

そう言って母が笑う。

「槙ってどんな樹だろうって、子どもだったころ、図書室で植物図鑑を調べたことがあってね、それから、樹の形や葉っぱの形なんかが好きになったってわけ」

わたしとテレビとをいっぺんに見るようにしながら、母が説明する。

「ふうん」

と、わたしは言う。いつかというわたしの名前はもちろん母がつけた。母がつけて、ユキさんが賛同した。未来を感じるすばらしくいい名前ねって。

「あなおかしって、どんな樫なの？」

「ちがうちがう、あなおかしは、ああおもしろいってことよ」

その白樫の樹に寄り添うように木製のベンチが置かれていた。ベンチにはだれも座っていなくて、幾重にも重なった葉の影がちらちらとやわらかくベンチの上で揺れていた。その揺らめきのためにか、ベンチはいっそう座り心地がよさそうに見えた。だれも座っていないのが、残念に思えた。

そうだ、そこに座ったら、わたしの服の上や手の甲に木漏れ日の模様ができるだろう。それに自分では見えないけれど顔にだって。わたしはそこにぜひとも座ってみたくなった。

中庭には背の低い草花のあいだを縫うように、小径《こみち》があった。その小径も、歩いてみたくなったのは当然だ。

「ここってどこ？」

と、わたしは訊いた。

「さあ、どこかしら」

と、母は答えた。

その小径を進むようにカメラが動くと、その先には、木製の丸テーブルとそのテーブルを囲んで肘掛《ひじかけ》の付いた椅子が三脚置かれていた。どの椅子にもひとが腰かけている。テーブルの真ん中には穴があいていて、陽射しを遮るためのパラソルの柄がささっていた。大きなモスグリーンの傘がひろがっている。

引きのカメラでは座っているひとたちの表情までは読み取れないけれど、彼らはみんなくつろいでいるように見えた。着ているものも、ゆったりとして、パジャマみたいに見えるのだ。南の島のリゾート・ホテルなのかもしれない。

次々に映し出される映像の細かなところまで、わたしの目は追うことができた。子ども向けではない、しかもおもしろいというよりまじめに作られた番組に、どうしてひかれるのか、自分でもわからないのだが、夢中でその番組を見ていた。

カメラが再び室内にはいる。回廊に白衣をきたひとが歩いている。中庭と反対側、白い扉の上に、診察室というプレートが見えた。

「病院だ」

そう小さく叫んで母を見る。

「病院ね」

と、母も言った。

わたしはまた画面に視線を戻し、この建物のポイントはなんだろうと考えた。それは、病院らしくないこと。明るいこと。楽しそうなこと。

海と断定したように、母なら庭と言うかもしれない。でもそれではあのすばらしい回廊はどうなるのだろう。

　ポイントはいくつあってもいい。それどころか多ければ多いに越したことはない。中庭か回廊かどちらか一方を選び、どちらか一方をあきらめることなど到底できなかった。けれど、

「ポイントがたくさんにあったんじゃあ、ポイントじゃなくなっちゃうわ」

　と、母は言うのだ。

「そうかなあ」

「そうよ」

と、母はきっぱりと答えた。

　わたしたちはまたテレビに見入る。画面が設計事務所に変わった。大きな窓から陽射しがたっぷりとはいり込んでいる。同じ仕事場なのに、ハイツかつらぎの母の仕事場とは大違いだ。

　その事務所は、入口に近いほうの壁一面が棚になっていて、たくさんの大型の本とさまざまな形の建築物の模型が並び、本棚の前には、何人もが席につけるような大テーブルがあった。そこでみのりさんとみのりさんよりずっと若いひとが話をしていた。テーブル上のふたりのあいだにビルの模型が置かれている。ふたりはその建物について話をしているのだろう。カメラが模型に近づく。すると、模型のビルのなかには、家具や立体のオブジェがあちらこちらに配置され、壁には絵までがかかっているのが見えた。

「あ、森拓《もりたく》だ」

と、母が小さな叫び声をあげた。

「だれそれ？」

と、訊いたわたしの耳に、

「これですか？　森拓さんの作品を小さくしたものですよ。森さんの美術館を作るので」

「それで、実際に作品まで」

「ええ、模型は最終的な形を見えるようにするものですから、ぼくはそうします」

というやりとりがテレビから聞こえた。

「森拓っていうひとはね、世界中に知られている現代美術家。もうおじいさんだけど」

と、母が言った。

事務所の反対の壁には、低い間仕切りでしきられた机が五つ並んでいて、三人のひとが机に向かって仕事をしていた。みんな若そうなひとたちばかりだった。

母を見ると、母は嬉しそうな顔でテレビを見続けていた。ママ、このひとが好きなんじゃないかな。ふとそう思った。

「このひと、ほんとうにママの友だち？」

もう一度訊いた。

「そうよ。大学生のときからの友だち」

なんの迷いもなく母が答えた。

「学年はひとつ上だったけどね」

「同じ学校だったの？」

「学校は違ったんだけど。でも、穣さんの学校の先生がママの学校にも教えに来ていてね、ママがその先生の授業をとったことで、知り合いになったの」

「いまでも会う？」

「いまはあまり会わない」

「どうして？　友だちなのに」

「ママも穣さんも忙しいからなかなか会えない。気がつくと、一年くらい会わずに経ってしまってるから。この前会ったのは、一年前……いや、二年前だったかな」

「それでも友だち？」

「もちろん。どんな仕事をしているかは、いまでも知らせあってるのよ。電話で話したりもしてね。だから今日もこうして、テレビに出ることがわかったってわけ」

「ふうん」

「どうしてそんなにママと穣さんが友だちかそうじゃないかにこだわるの、おかしな子」

と言ったその後で、

「でも、会ってみたいなら、会わせてあげるよ」

と、続けた。

「全然」

と、わたしは答えた。

「そ」

と、母は短く言うと、思い出したように、

「やだ、こんな時間！　いつか、早く寝ないと、あした起きられなくなっちゃう」

そう言って、わたしを布団のなかへと追いやった。

「ママはまだ仕事？」

「うん、あとちょっとね」


じき、隣の部屋からいつもの気配と匂いとがしてきた。それが眠りの始まりのサインのように、いつもなら瞬く間に眠りに落ちるのに、その夜はなかなか眠れないのだった。

母の学生時代からの友だちがテレビに出て、その番組を母と一緒に見た。それだけのことだけれど、母とわたしにとっては充分すぎるほどとくべつだということが、わたしを眠らせないのだ。目をつぶったまま、わたしは考える。

「あなたは寝る時間よ、ママはこれから仕事のことでテレビを見るけど」

そう言うことだって可能だったはずだ。いや、ふだんの母だったら、有無を言わせぬ調子でそう言っただろう。同じようなことはかつてもあったし。それなのに——。

「今日はとくべつ」

どうして今日はとくべつだったのだろう。とくべつの意味をわたしは考える。会っていないなんていうのは嘘なのかもしれない。もしかすると、ママとあのひとは結婚の約束とかしていて、ママは、わたしとそのひとをひき合わせるまえに、テレビを見せたのかもしれない。わたしはあのひとが父親になるということを考えてみた。そして、三人で暮らすことを考えてみた。

でも、うまくいかない。途中からあのひとの顔がユキさんの顔になってしまうのだ。そしてユキさんの顔になると、不思議なくらいしっくりした。

それでもまだ眠くはならず、わたしは布団のなかでもぞもぞとして、何度か寝返りを繰り返した。ついに諦《あきら》めて目をあけると、引き戸の隙間《すきま》から、光が細い帯になって射し込んでいるのが見えた。その光の帯のなかに細かく光るものがあった。きらきらと自らを光らせながら、帯のなかで浮遊しているものたち。宇宙みたい、と、わたしは思った。

母はまだ仕事をしている。ときどきかたんと椅子のなる音や、こほんと小さく咳《せき》をする音も聞こえてきた。

その物音は、母の物音でありながら、わたしだけのものだった。この家は、母とわたしの家だった。それからユキさんと。あのひとがやってきたら、ユキさんはどうするだろう。

もう来なくなるのだろうか。それとも、わたしたちのほうが、あのひとの家に行くのだろうか。わたしたち。わたしたちって、わたしとママのこと？　ユキさんは？　ユキさんはどうなるのだろう。胸がどきどきしてきた。ママとわたしがユキさんと離れ離れになるなんて、そんなことは断じてあってはならない。


「ねえママ。この家はわたしとママとユキさんの家だからね」

そう宣言したのは翌朝のことだった。

りんごの皮をむく手を止めて、母は一瞬ぽかんとした顔をした。わたしがなにを言ったのかわからなかったみたいだ。

「だからね、ママ」

どこまで言えばママはわかるのだろう。そう思ったとたんに胸がどきどきして、その先が続かなくなった。

「いったいどうしたの？」

どうしたのはこっちが訊きたい。きのうがとくべつだった理由を、ママはきちんと説明すべきだったのじゃないか。そうしたらわたしは……。わたしはなんだろう。

「どうもしない」

むきたてのりんごを頰張《ほおば》る。酸っぱさと甘さと清々《すがすが》しい匂いとが口のなかに押し寄せる。

口のなかがどんなに爽《さわ》やかになっても、こころのなかまで爽やかになることはない。こころのもやもやはとれない。そんな気持ちは初めてだった。それが、母に対してなのか、昨日テレビに出ていたひとに対してなのか、わからなかった。もしかすると、自分に対して？　わからなかった。

8

翌日は木曜日で、全校朝会があった。全校朝会は月曜と木曜にある。月曜の朝会は長く、木曜は短い。

校長先生が、読んだばかりの絵本の話をしていた。本のこと、最近起きた出来事、それからずっと昔に校長先生が子どもだったころのことなどを、校長先生は話す。校長先生の話は割とおもしろい。でもその朝は、耳にも頭にもはいってこなかった。

目だけを動かしてわたしは体育館のなかを見まわした。児童は全員体育座りをしているので、そのままの姿勢で体育館のなかのほぼ全方位を見渡すことができる。高い位置にある窓も、ほんのすこし上目づかいにするだけで見ることができた。

そこから、朝の光が太い帯になって射し込んでいるのが見えた。光の帯は、ここでも無数の塵《ちり》をきらめくものに変え、体育館のなかほどまでのびて途切れていた。

それはたちまちのうちに前夜部屋に射し込んだ光の帯を思い出させた。それから前夜のなにもかもを。

喜んでいっしょにテレビを見ていたわたしはばかみたいだった。あのとき、わたしは、明日になったら、と思っていたのだ。明日になったら、ユキさんと彩音ちゃんにこの番組の話をしよう、すばらしい建物を見たことを自慢しようと思っていたのだ。

「会ってみたいなら、会わせてあげるよ」

母の言葉をもう一度考える。考えないわけにはいかない。もしかして、とわたしは思う。あのひとがわたしの父親なのだろうか。でもすぐに、そんなはずはない、とわたしは思う。

生まれて初めて、わたしは父親というものについて考えた。もちろんそれまでにだって考えたことはある。けれど、それまでと今度のはちがう。

保育園の年長のとき、小学校にあがったとき、友だちから訊かれたことがあった。

「いつかちゃんのパパってどんなパパなの？」

「いつかにはパパはいないよ」

死んじゃったのと訊く子もいれば、離婚したのと訊く子もいた。

「どっちでもない。最初からいないの」

そう答えた。するとそれで終わるのだった。「最初からいない子なんていないいんだよ」という正しく、そして悪意のある発言をする子はだれもいなかった。だからと言ってそれは、わたしを慮ってのことではない。最初からいないとわたしが言ったとたん、だれもが〝わたしのパパ〟に対する興味をあっさり失うのだった。当のわたしがそうだったように。

そう、「最初からいない」を最初に口にしたのは母だった。嘘も秘密も後ろめたさもなにもないようなあっけらかんとした口ぶりだった。

「でも、いつかにはママがいる。それでいいでしょ」

「ユキさんもいるよ」

「まったくそのとおり」

と母は言い、

「そのとおり」

と、わたしは繰り返した。

それでおしまいだった。あまりにも簡単すぎないかと言われそうだけれど、事実簡単だったのだからしかたない。わたしとしては最初からいない父の顔は想像のしようもなかったし、最初からいないひとを失ったものとして感じることはできなかった。喪失感とは、あったものが失われたときに生まれる感情なのだ。

そのかわり、わたしは母には絶対的な愛情を求めた。それはユキさんに対しても同じだったのかもしれないが、ユキさんはわたしが欲するよりわずかばかり早く、そしてほんの少し多くを与えることができたから、わたしは欲していることを意識しないですんでいた。

わたしは、わたしたちの間にだれにもはいってほしくなかった。そのひとが仮にどれほどすばらしい建物を作ろうと、どれほど母がそのひとを好きであろうと、それどころかそのひとがわたしの実の父親であったとしても。

まさか。そんなことがあるわけない。でもとくべつ。会ってみたいなら。嬉しそうなママの顔。会わせてあげるよ。ママの友だち。わたしの父親。まさか。まさか、まさか。

前夜の母の振る舞い、言葉、ほんのかすかな目の動きまでを、わたしは思い出そうとした。そしてそこにあるかもしれない答えに辿《たど》りつこうとした。

「いつかちゃん、立って」

「ん？」

全校朝会は終わって全員がもう立ち上がっていた。だれもがまっすぐに立っていて、こんなふうに世界は垂直なのに、わたしの頭のなかはぐるぐる渦巻いていてその渦は全身にひろがろうとしていた。

「いつかちゃん、大丈夫？」

すぐ後ろの春菜《はるな》ちゃんが心配そうにわたしの顔を覗き込んだ。

「うん、大丈夫」

わたしはぼんやりと答えた。

少しも大丈夫ではなかった。それからしばらく、わたしはおかしかった。気がつくと、山本穣というひとのことを考えていた。

そのひとの顔を頭のなかで再生して、じっくりと眺めた。そして、わたしのどこかにそのひとと似ているところがあるかどうかを点検するのだ。でも少しもうまくいかなかった。

それがうまくいかないとわかると、母の顔をじっと見た。そして、わたしに似ていないところを探した。母に似ていないところは父親に似たところであるかもしれないから。くっきりとした二重は母に似ているように思えた。でも、母の目よりわたしのほうが少しつりあがっている。鼻は似ているようにも似ていないようにも感じる。あまり特徴がないのだ。高くも低くもなく、とがってもいず丸くもない。下唇が上唇の倍ほどぷっくり膨れている口は、あきらかに母と同じだと言えた。

そしてもう一度、あのひとの顔の再生を試みた。全体としての顔ではなく、ひとつひとつの検証にはいろうとしたとき、どうしてだろう、あのひとの顔を思い浮かべることができなくなっていた。

それでも思い出そうとすると、笑った顔の明るさばかりが浮かんで、そしてその顔からひとつひとつを取り出すことはできないのだった。

わたしはもう、父親が「最初からいない」とあっけらかんとしていられる子どもではなかった。母といっしょにあの番組を見た三十分で、それまでとそれからとはまるで違うものに、違うわたしになってしまったようだった。だれが言わなくても、わたしはわたしに言う。「最初から父親がいない子どもなんていないんだよ」と。

ほんとうに四年生という年にはなにか起きるのだな。こころのなかで渦巻いている感情におぼれそうになりながら、わたしは学年の初めに先生が言った言葉を思い出した。

これをうまく乗り切れば、わたしは大丈夫なんだろうか。

でも、乗り切るってどうやって。


ひとりではどうしようもなくなると、わたしは彩音ちゃんにだけ、胸のうちを打ち明けることにした。彩音ちゃんはわたしのいちばんの友だちだったし、ほかのだれより大人だったからだ。

このことばかりはユキさんに言うことはできなかった。わたしが父親のことをあれこれと考えていると知ったら、ユキさんがわたし以上にこころを痛めることはわかっていた。それだけではない。父親のことを考えるのは、なぜかユキさんに対する裏切りのように、わたしは感じていたのだ。

ただし、彩音ちゃんに話すには、彩音ちゃんが「今日は遊べるんだ」という日を待たなくてはならなかった。

授業と授業のあいだの五分休みなどもってのほかだったし、二十分あるお昼休みでも充分ではなかった。そして、わたしたちが遊べる日は、限られていた。ほとんどの日、彩音ちゃんは学校が終わるとすぐに帰る。帰ってピアノの練習をするのだ。

彩音ちゃんは、上手にピアノが弾ければいいというのでは、なかった。曲を理解し、解釈し、それをじぶんのものとして表現することまで要求されていたのだった。まだ四年生だったのに。だから、彩音ちゃんがピアノを習う、彩音ちゃんがピアノを弾くということは、ほかのだれかがピアノを習ったり弾いたりするのとは全然違っていた。

それは彩音ちゃんが、バイオリニストで音楽大学の先生をしている父親と、ピアニストの母親の子どもとして生まれたからということもあるのだけれど、ピアニストになる道を選んだのは、彩音ちゃん自身だった。

それを彩音ちゃんは三年生の終わりに決めた。そしてその日からピアノのレッスンはお遊びではなくなった。

そんな彩音ちゃんと、習い事にも塾にも無縁のわたしが、いちばんの親友というのはなんだかおかしかったし、わかるようでもあった。おそらく、わたしたちは絶対値だったのだ。そのことは、中学にはいって、絶対値というものを習ったときに気づいたのだけれども。

両親ばかりではなく、曽祖父母《そうそふぼ》の代からの音楽一家である彩音ちゃんと、父親ばかりか中学にあがるまでは祖父母の存在すら知らなかったわたし。

演奏会で不在がちな両親とお手伝いさんのいる彩音ちゃんの暮らしと、わたしとの生活を維持するために働きづめの母親とユキさんに助けられたわたしの暮らしとは、まるで違うようでいて、似ていた。

わたしの母も、彩音ちゃんの両親と同様に、頭のなかは仕事のことでいっぱいで、目の前にわたしがいてさえ、わたしのことが見えていないようなときがあった。それもずいぶんとしばしば。そのことでは傷つきもした。傷ついていないふりもした。それが致命的な傷にならなかったのは、ふりをしたためではなく、ユキさんがいてくれたからだった。父親のいない不自然さも、母親の不在も、ユキさんがみんななんでもないことに変えてくれた。それもさりげなく。ユキさんはそうやって、わたしが小学校を卒業するまで、わたしと母を守ってくれた。

わたしは、母がユキさんと出会ってくれたことに感謝する。もし運命というものがあるのなら、その運命に感謝する。

ユキさんがいたから、小学生のわたしは小学生でいられた。けれど、小学生の彩音ちゃんはもう小学生ではなかった。彩音ちゃんのところのお手伝いさんもまたやさしくて気のつくひとだったけれど、ユキさんのこころのくだきかたとはまるでちがうものだった。それもまた絶対値であったのだ。

「でもいいのよ」

と、彩音ちゃんは言うのだ。

「苦しみや悲しみを知らなくては、ピアニストにはなれないから」

「そうなの？」

驚いてわたしは訊きかえした。

「そうよ。そうでなければ、聴くひとを感動させることなんてできない」

こともなげに彩音ちゃんはそう言って、わたしをさらに驚かせた。でも彩音ちゃんが言うならそうなのかもしれないとわたしは思った。

三年の終業式の日、ピアニストになる決意といっしょに、彩音ちゃんは、わたしにだけ教えてくれたのだ。中学は音大の付属を受験すること。その先には海外留学があり、ソリストへの道があることを。そして最後にこう言った。

「いつかわたしがリサイタルをすることになったら、絶対に来てね」

「行く。絶対に行く」

と、わたしは言った。

その三年後、彩音ちゃんは音大の付属中学にはいり、わたしは地元の公立中学に進んだ。

高校二年の秋、彩音ちゃんがウィーンに留学したことをわたしは聞いた。彩音ちゃん本人からではなく、噂《うわさ》として。

彩音ちゃんとはそう離れた場所に住んでいたわけでもないのに、中学にはいってからは、会うことはもちろん、その姿を見かけることすらなくなっていった。最初のころはときどき、電話で話をしたりもしていたのだけれど、やがてどちらからともなく連絡を取り合わなくなった。彩音ちゃんは寸暇を惜しんでピアノと向き合っていただろうし、わたしもしんどい一日一日を送っていて、わたしたちのあいだにできた距離をさびしいと思うことすら、あのときのわたしにはなかった。

でも、いつか、彩音ちゃんのコンサートが開かれるなら、駆けつける。いまではもう親友ではなく、こころの距離だっておそらく遠く離れている。でも、あのときの約束をわたしは忘れていないし、小学校のときの友だちのひとりとして、いや、いちばんの友だちとして、ピアニストになった彩音ちゃんを見てみたいと思う。

そのときには、抱えきれないくらい大きな花束を持っていこう。

「今日は遊べるよ」

朝、教室で顔を合わせたとたん、彩音ちゃんが寄ってきてそう言ったのは、わたしが彩音ちゃんに話そうと決意してから四日目のことだった。

「あのね、聞いてもらいたいことがあるんだ」

「そうだと思った」

「わかってた？」

驚いて訊きかえしてしまった。わたしが驚いたのは、彩音ちゃんがそのことに気づいていたということではなく、気づいていてまるでそのそぶりを見せなかったことのほうだった。

「大切な話でしょ」

と、彩音ちゃんは言った。

「そう、すごく大事な話」

と、わたしは答えた。


学校が終わって、彩音ちゃんはいったん帰ってからわたしの家に来ることになった。ユキさんが区役所から帰ってくるまで二時間くらい、ふたりきりでゆっくり話をすることができる。

わたしはコンビニに行って、おこづかいでたけのこの里とポテトチップスを買った。レジでそれを袋にいれてもらっているとき、「彩音ちゃんが来るってわかっていたら、もっとちゃんとしたおやつを用意しておいたのに」ってユキさんは言うだろうなと思った。

でも、彩音ちゃんが来るのは今日になって決まったことだし、ユキさんが帰ってくるころには彩音ちゃんが帰らなくてはならない。だからしかたがないのだ。

家に帰りついて、お皿やコップの用意をしていたら、彩音ちゃんがやって来た。

買ってきたたけのこの里とポテトチップスを急いでお皿に出して、冷蔵庫から出した麦茶をグラスにそそいだ。ユキさんは一年中麦茶を作って冷蔵庫にいれておくのだ。麦茶はからだにいいのよ、とユキさんは言う。カフェインがはいっていないから、眠るまえに飲んでもいいらしい。

その麦茶をいれてあるガラスのポットは、いつでも飲めるようにテーブルに出したままにした。

準備が整って向かい合わせにすわると、彩音ちゃんはいきなり、

「それで」

と、言った。

それでと言われて、わたしは心臓がどきんとした。うまく話せるかどうかたちまち自信がなくなった。

「この前の水曜、ママとテレビを見たんだ」

彩音ちゃんがうなずく。

「夜の九時からの番組で、いつもなら寝る時間だった。ママは、寝る時間にだけはうるさ

くて、なのに今日はとくべつだって」

「なんの番組だったの？」

「ママの友だちの建築家のひとが出ていて……」

その番組の内容、それを見ながら母と交わした言葉、母の表情、それらをできるかぎり子細に語った。話せるかどうかわからなかったのに、毎日、頭のなかで反芻《はんすう》していたからか、一度もつかえることなく話すことができた。

彩音ちゃんは、ときどきうなずくだけで、わたしが話をしているあいだ、余計な口を一度もはさまなかった。

「もしかすると」

と、わたしは言った。

彩音ちゃんがうなずく。

彩音ちゃんがうなずいても、わたしは先を続けられなかった。初めて言い淀《よど》んだ。言う言葉は決まっていた。決まっていたのは言葉ばかりではなかった。繰り返し繰り返し考え、そしてそれをこうして彩音ちゃんに話しているうちに、あのひとはわたしの父親に違いないと思えてきて、違いないはやがて確信へと変わっていった。いや、そうだったろうか。あのときの気持ちはいまでもわからない。

わたしが言えずにいると、

「そのひとは、いつかちゃんのおとうさんかもしれない。いつかちゃんは、そう思ってるんでしょ」

「うん」

と、わたしは言い、

「でも、どうしてわかるの？」

と、訊いた。

「だって、いつかちゃんは親友だから」

「うん」

もう一度、わたしはそう答えた。

「でも、いつかちゃんはまだそのことを確かめてはいない」

「ママに？」

「そう」

「聞きたいのと聞きたくないのと両方。知りたいのと知りたくないのと両方。おとうさんであってほしいのとほしくないのと両方。どっちもほんとうの気持ちのようで、どっちもほんとうの気持ちじゃないみたいなんだ。全然ほんとの気持ちじゃないかもしれない。彩音ちゃん」

「ん？」

「わたし、あれから自分の気持ちがちっともわからないんだ」

「うん」

うん、と言って、彩音ちゃんはたけのこの里を食べて、ポテトチップスを食べて、麦茶を飲んだ。それから、急に、

「小川《おがわ》いずみっていうひと、知ってる?」

と、訊いた。

聞いたことのない名前だった。ううん、とわたしは首を振る。

「有名なピアニストで、わたしの先生。小川先生、ほんとは子どもになんか教えないの。でも、パパに無理に頼んでもらった。一度だけでいいから、先生にレッスンつけてもらいたいって」

どうしてここで彩音ちゃんの先生の話が出てくるのかわからなかった。それでもわたしは、さっき彩音ちゃんがそうしてくれたように、なにも言わずにうなずいてみた。

「最初に小川先生の音を聴いたとき、からだがしびれたみたいになった。最初の一音で、部屋の空気まで変わった。ほんとだよ。同じピアノから、どうしてこんな音が出るんだろうって思った。だって、そのピアノ、うちのピアノなんだもん。毎日弾いているピアノから、まるで別の音が鳴って、その音が、それまで部屋を満たしていた空気の波動を変えちゃったみたいだった」

彩音ちゃんはなにを言おうとしているんだろう。そう思ったとき、彩音ちゃんが信じられないことを口にした。

「小川先生って、パパの恋人なんだ」

「うそっ」と言いかけて、口に含んだばかりの麦茶がよだれのように大量にこぼれ落ちてしまった。

「ごめん、びっくりした？」

「うん、びっくりした」

ハンカチで口元をぬぐい、テーブルにこぼれた麦茶もふいた。

「それで、その小川先生がおとうさんの恋人だって、どうして彩音ちゃんは知ってるの？」

「パパとママが言い争いしているのをたまたま聞いちゃったのが最初。小川先生のことはどうしようもないことなのに、ママはときどき切れちゃうみたい」

そんなことちっとも知らなかった。知らなくて当然なわけだけど、彩音ちゃんのところで会う彩音ちゃんのおとうさんとおかあさんはとても仲がいいし、それに、彩音ちゃんのおかあさんはものすごく美人なのだ。

小川先生はあの美人のおかあさんよりもっと美人なんだろうか。

「パパとママはわたしには隠しておきたかったみたい。でも、わたしは知ってるの。パパとママはしらばっくれているから、わたしも知らないふりをしているの」

すごいな彩音ちゃん。

「でもそのことがあったから、小川先生に個人レッスンをお願いしても断られないんじゃないかって思って。ほんとうにその通りだった」

「そうまでして小川先生に習いたいの？　彩音ちゃんのおかあさんだって有名なピアニストなんでしょ」

「親子はだめなの。それに、うちのママなんて日本でちやほやされてるだけだよ。それも音楽の世界でっていうよりマスコミとかで。美人でピアノがちょっとうまく弾けるから。でも、小川先生はほんものなの。パパが小川先生を好きになるの、わかるよ」

「でも」

と、言ってはみたものの、そのあと、いったいなにを言えばいいのかはわからない。

「いちばん複雑なのはママだよね。だって、小川先生はママの憧《あこが》れの先輩だったんだから」

聞いてはいけないようなことまで、彩音ちゃんはどんどん話をしていく。わたしの話はとっくにどこかに消えてしまっていた。

彩音ちゃんのおとうさんとおかあさん、そして小川先生の三人は、同じ音楽大学に通っていた。彩音ちゃんのおとうさんと小川先生は同学年、おかあさんは二学年下だった。彩音ちゃんのおとうさんと小川先生は学生時代から恋人同士で、おとうさんはバイオリン科のトップ、小川先生はピアノ科のトップ。しかも小川先生は学生のころから海外のコンクールで受賞を重ねている天才ピアニストだった。そんなビッグカップルを知らない学生など、学内にはひとりもいなかった。ふたりのことは教職員のあいだにも知れ渡っていた。

「じゃあ、おかあさんも知っていたの？」

子ども同士の会話とは到底思えない話を、わたしたちはあの日、当然のことのようにしていた。たけのこの里を食べながら。

「そう。そして、ママは小川いずみの熱烈なファンだったんだ。そりゃあそうだよ、音楽をやっていて、あのピアノを聴いたら、だれでもファンになる。じゃなきゃ、嫉妬《しっと》に狂う。ママはピアノはそこそこだけど、あの顔だからすごく目立ってさあ、小川先生もママのこと、可愛い後輩って感じで、よく連れて歩いてたんだって。小川先生はよく見ると美人じゃないけど、でも美人に見える。いや、美人とか美人じゃないとか関係なくなっちゃう。オーラがあるのかな」

三人でごはんを食べたり、コンサートを聴きにいったり。ビッグカップルに美少女の三人組もまた、たちまち有名になった。よからぬ噂もたったけれど、三人はそんなことを少しも気にすることはなかった。ほんとうに仲が良かったのだ。彩音ちゃんのおかあさんも、いずれ先輩たちは結婚するだろうと思っていた。

ところが、小川いずみは飛び級で一年早く卒業するとウィーンに留学し、彩音ちゃんのおとうさんは翌年卒業して大学院に進んだ。

「そのころから少しずつ事情が変わってきたんじゃない？」

と、彩音ちゃんは言った。そういう彩音ちゃんはやっぱり小学四年生のようではなかった。

「小川先生はだれとも結婚するつもりなんかないの。だって、先生はピアノと結婚しているんだから。でもパパはだれかと結婚したかったんだ。それでママを選んだんだ。ママは美人だし、音楽のこともわかるし」

「小川先生より好きになっちゃったんだね」

「違う好きだと思うよ。パパがママを好きなのは、きれいで音楽がわかって……これ、言ったよね」

「うん」

「でも、パパにとっていちばんよかったのは、ママに才能がないことなんだ。奥さんにするにはそのほうがいい。だって、もしも小川先生とパパが結婚してたら、パパは劣等感に苦しみ続けることになるでしょう？」

でも、彩音ちゃんのママだって。

いくら美人だからって、才能がないひとがテレビに出たり、リサイタルをして会場をいっぱいにすることができるだろうか。そう思っていたら、彩音ちゃんは言った。

「パパを脅かす才能っていうか、家庭生活を脅かしてしまう才能っていうかさ。ママがテレビに出たりするのをパパが許しているのは、ママがほんとうは大したことがないって知ってるからだよ」

「でも、小川先生がおとうさんと恋人同士だったのは昔のことだったんだよね」

「違うよ。いまもそう。そしてね、ママもやっぱり小川先生が好きなんだよ。好きで嫌いなんだ」

「なんだかすごく大変だね」

「そうだね。せっかく大変な思いをしているのに、どうしてママのピアノにはそれが出ないんだろう」

彩音ちゃんはそう言った。あきれているみたいだった。少し悔しそうにも感じた。

彩音ちゃんのおかあさんの弾くピアノを、わたしも聴いたことがある。遊びに行ったとき、練習していたのだ。すごく上手で、とてもきれいなピアノだった。でもそれだけじゃだめなのかもしれない。ぼんやりとそう思った。

いつのまにか彩音ちゃんの話になっていて、その話は、推測でしかないわたしの話とは大違いに、どこまでも真実なのだった。

だからもういいっていう気持ちになっていた。わたしの話なんかもういいやって。それなのに、

「いつかちゃんのママがそのなんとかさんっていうひとを好きなのは間違いないと思うよ」

と、彩音ちゃんが話をまた急に戻した。

「山木穣っていうんだ、名前」

と、わたしは言った。

彩音ちゃんはそれを無視して、

「好きだし、尊敬してるんじゃない？　そのひとのことが自慢なんだと思うよ。だからいっしょにテレビを見ようって言ったの」

「自慢したくて？」

「そうだよ。こんなすごいひとがママの友だちなのよって」

「それだけ？」

「それだけじゃいやなの？」

「ううん。うん。わからない」

「いつかちゃんもそのひとのこと好きなんだと思うよ。で、パパであってほしいっていう気持ちとそうじゃなかったらとが混ざっているんだよ。それとね、そうだとしたら、なんでそのひととといつかちゃんのママは結婚しなかったのかってことになって……おまけに、いつかちゃんといつかちゃんのママを放《ほ》っておいていることにもなるわけでしょ」

彩音ちゃんはわたしが言えないでいたことを、次々と言葉にしていく。

「いつかちゃんは、ママに訊いたほうがいいよ。わたしも訊いたんだよ。最初はパパとママに。ふたりはごまかしたけどね。わたしがわかっているっていうことをわかっていて、それでもまだごまかそうとした。だから、小川先生に訊いたの」

「ほんとに？」

ほんとうだとわかっているのに、訊きかえしてしまった。

「うん。小川先生はちゃんと話してくれた。わたしは小川先生を尊敬している。パパもママもほんものじゃないけど、小川先生は正真正銘のほんものだよ」

そう彩音ちゃんは締めくくった。

そのあと、わたしたちは残っていたたけのこの里とポテトチップスを食べた。言葉はもうなにひとつ残っていないみたいに、話らしい話もしないで食べた。

食べながら、わたしは考えていた。ママに訊いたら、ママは答えてくれるだろうか。ママはほんものだろうか？　でもほんものって、いったいなんなの？

9

「最初からいないのよ」と、母は言わなかった。

彩音ちゃんと食べたお菓子は憶えているのに、その日の夜ごはん、なにを食べたのかをわたしはなにひとつ思い出せない。

帰る彩音ちゃんと帰ってきたユキさんは玄関で鉢合わせして、ユキさんはやっぱり、「彩音ちゃんが来るってわかっていたら、おやつを用意しておいたのに」と、残念そうに言った。

「でもごちそうになりました。また来ます」

彩音ちゃんはユキさんにそう言って帰っていった。

「きちんとしたお嬢さんね」

彩音ちゃんを見送って、ユキさんは感心したように言った。

ユキさんは彩音ちゃんが来て帰るたびに、彩音ちゃんのことをなにかしら褒める。彩音ちゃんが賞賛に値する子だというのは間違いないけれど、そればかりではなく、わたしに友だちと呼べる子が彩音ちゃんしかいないのを、ユキさんが知っているからだと思う。

わたしに彩音ちゃんしか友だちがいないからと言って、ユキさんは心配しているわけではない。学校の先生のようにみんなで仲良くなどとも言わない。ユキさんもそして母も、子どものころ、やっぱり大勢と仲良くするのは苦手だった。それでもちゃんと大人になれることをわかっているからだ。

ピアニストを目指した彩音ちゃんの練習時間がどんどん増えて、なかなか遊べないようになって、わたしがひとりで過ごす時間が増えても、ユキさんは、他の子と遊んだら？とは言わなかった。

わたしはほとんど毎日、夕ごはんのしたくをするユキさんの気配を感じながら、台所兼居間のテーブルで宿題をした。宿題はあまり出なくてすぐに終わってしまうから、宿題が終わると、ユキさんの手伝いをさせてもらった。それは、野菜の皮をむいたり、ユキさんが切った見本と同じように野菜や肉を切ったりすることだった。

手伝うことがなくなると、本を読んだ。本もまたいくらでも読めた。本は学校の図書室ではなく、図書館で借りた。図書館の本は一度に五冊まで、二週間、借りることができる。わたしはいつも、限度いっぱいの本を借りて、期限より早く返した。

漫画を描くこともあった。描けば描くほどおもしろくなっていって、本を読む時間より漫画を描く時間のほうが増えていった。

ときどき、ユキさんがわたしが描いている漫画を見て、「いつかちゃんは絵が上手ね。やっぱりカエルの子ね」と言ったりした。

料理をしているユキさんに話しかけることもあった。わたしが話しかけるたびに、ユキさんは首をうしろにひねって答えてくれた。そのことでユキさんが迷惑がったり、料理を失敗したりすることはなかった。


その日も、彩音ちゃんが帰ったあと、わたしは宿題を始めた。算数のドリルが二ページと漢字の書き取りが出ていた。

使用済みのFAX用紙の裏を計算用紙替わりに使って計算を始めた。部屋のなかには、紙の上でこすれる鉛筆のかすかな音と、ユキさんがまな板の上でたてる包丁の音が聞こえるだけになった。

わたしは、彩音ちゃんが言った「ママに訊いたほうがいいよ」という言葉ばかりが気になって、そのたびに、計算する手を止めては、自分が母に問い質《ただ》している情景を思いうかべた。そのせいで途中で計算を間違えてしまうらしく、何度も、あきらかにおかしな答えが出た。

何度もやり直した算数の計算問題と応用問題、ちっとも頭にはいらない漢字の書き取りと、いつもどおりの晩ごはん（でもなにを食べたのか思い出せない）を終えて、ユキさんを見送ると、就寝時間まで一時間ばかりになってしまった。

言い出さなきゃ。言い出さなきゃ。

その日訊けなければ、あくる日には訊けなくなってしまうことはわかっていた。それはつまり、その日訊かなければ、その先ずっと訊けないということだった。父親が最初からいないはずはないとわかっていて、それでも最初からいないことでやっていく、ということだった。

ずっとそれでやってきたのだから、それでいいような気がふとしてしまう。

わたしは洗い物をしている母の後ろ姿と時計とを、そのふたつだけがこの世界にあるみたいに交互に見てばかりいた。言葉は喉に貼りついて、行き場をなくしていた。

「いつか、いつまでもぼうっとしていないで、お風呂にはいってしまいなさい」

と、母が言った。言ってから、

「たまにはいっしょにはいる？」

と、訊いた。

「うん」

と、答えて、

「あ、やっぱりいいや」

と、わたしは言った。

母はまだ仕事がある。母がお風呂にはいるのは仕事が終わってからなのだ。

お風呂にはいりながら、考えた。

母とユキさんとわたし。

わたしは、このままがいいんだ。

だから訊かない。

訊かないと決めて、そうしたら気持ちが急に楽になった。それと同時に、自分が臆病《おくびょう》でずるい人間のように思えた。ほんものではないように。それでも、妙な具合に歪《ゆが》んでいきそうに思えたことが、元に戻ったような気もした。なんでもない小四のわたしに戻った気がしたのだった。

彩音ちゃんとは違うんだ、とわたしは思った。彩音ちゃんは、小川先生の側にいる。でもわたしは、彩音ちゃんのおかあさんたちと同じ側の人間だ。わたしのママも。いや、ママは違うかもしれない。ママは天才ではないけれど、小川先生と同様、嘘をついたりごまかしたりはしないから。

だからというのではないのだろうが、ひょいと言ってしまった。寝室の引き戸を締めながら、「おやすみ」と言うはずのところを、「もしかして、あのひとがいつかのおとうさん?」と、訊いていた。

「あのひとって?」

と、母が訊きかえした。

「このあいだ、テレビに出ていたおじさん」

「穣さん? ううん、違う」

と、母は言った。


その夜、わたしは布団のなかで、初めて父親の話を聞いた。なんだかあっけない話だった。あっけないように母は話したのかもしれない。わたしが父を恋うことも恨むこともないようにと。そう思ったのはずいぶんとあとのことだった。恋うことも恨むこともないのが、幸福と言い切れないとわかったのも。

わたしの父親は、母の依頼人だった。

永田さんの画廊で会ったのが最初だ。

彼は資産家の息子で、あくせく働くことなしに裕福な暮らしをしていた。世の中にはこんなに恵まれた人間がいるのだというのが、母が最初に思ったことだったという。

資産家といっても代々続く名家とは違い、彼の父親が株と飲食店の経営とで財を成した成り上がりだった。飲食店はのれん分けのような形で大きくなり、上がった利益を元手に不動産にも手を広げるようになった。ずばぬけた商才があったのだろう、商売はつまずくことなく大きくなっていった。その商才を譲り受けたのは弟で、父親と一緒にさらに事業を発展させていっているらしい。

そこまで話すと、

「でも、そのひとたちとわたしたちとはなにも関係がないのよ」

と、母は言った。

当時彼は、その関連企業のうちの、金持ち相手に優良な不動産物件だけを扱う会社の名義上の役員になって、収入を得ていた。

そんな彼にもひとつだけ抜きん出ているものがあった。いいものと、そうでないものを見分ける目だ。美術品の審美眼は確かだった。

成り上がりの家には家宝などというものはない。彼の父親には美術品の良し悪《あ》しなどわからなかったが、それでも財を得て、自分の家にもその手のものを欲しいと思うようになった。いくらつぎ込んでもかまわない、名家たるにふさわしいものを集めるようにという父親の意向を受けて、美術品を収集するのが、彼の仕事といえば仕事だったのだ。

母が初めて彼に会った日、永田画廊には靉光《あいみつ》の油彩画が二点はいっていた。どこから出たものなのか、ひどく汚れていたものの、それは間違いようのない本物だった。永田さんがそれを彼に見せると約束した日、母も呼ばれたのだった。

二点とも菊の絵で、しかも同じ花を描いたものだろう、一点はみずみずしく咲き誇り、一点はいままさに朽ち果てようとしていた。

彼が買うと言えば、鬉光の絵の修復ができる。マチエールの厚みを確かめ、筆の軌跡を辿り、そしてなにより、それらに触れ、それらを身を以て知ることで、わたしは鬉光の魂に触れる。そう思うと、母のからだは小刻みに震えるようだった。実際、震えていたかもしれない。

どちらか一点。鬉光は、母が敬愛してやまない画家だった。

祈るような気持ちで待つ母の耳に、

「決めましょう。両方ともいただきます」

と、言う声が届いた。

落ち着いたいい声だと思った。と、母は言った。

母は、その場で修復の依頼を受けた。それから彼は、二点のうち、朽ち果てようとしているほうの絵を先に修復してほしいと頼んだ。両方がではなく、とにかくそちらが出来上がった時点で、先に渡してほしいというのだった。

もしどちらかを選ぶなら、朽ちていく花と母も思っていた。朽ちているものを描きながら、いやそれだからこそかもしれない、そこには力強く命を感じさせるものがあった。それが鬉光という画家なのだ。

彼が朽ちていく絵のほうに強い関心を持ったのが、母には嬉しかった。そのことで母は、彼という人間に興味を持った。

「それがママとあなたのおとうさんにあたるひととの出会い。それからママたちはつきあい始めたのだけど、それはあまり長くは続かなかった。いつかが生まれたことも知らないのよ。いつかが生まれる前に、どこかに行ってしまったから」

「死んじゃったってこと？」

「そうじゃないわよ。ちゃんと生きていると思う。でも、どこにいるか知らないの。もう一度勉強をし直すって言って、よその国に行ってしまったから。もうとっくに帰ってきているかもしれないけど」

「訊けばわかるんじゃない？　その会社に」

「そうかもしれない。でも、わたしたちとは関係がないのよ、あそこは」

と、母は繰り返した。

「いつかは、ママひとりでいやかもしれないけれど、でもそれでやっていってもらうほかはないんだ」

「いやじゃないよ。全然いやじゃない」

と、わたしは言った。

母がわたしの髪をなでた。「ありがとう」と言って。「ごめんね」じゃなくてよかった。

「ねえ、ママ？」

「ん?」

「そのひとはいいひとだった?」

「いいひとだったわよ。でもいつか、たいがいのひとはいいひとよ」

と、母は言った。


それが、わたしが聞いた父親に関するすべてだった。

貶《けな》しもしない代わりにことさら褒めもしなかった。嘘をついているとか作り話をしているとかいう雰囲気も微塵もなかった。いまはもうなにも思うことはないのだというような淡々とした口ぶりでもあった。ただ、「そのひとたちとわたしたちとはなにも関係がないのよ」と言ったときだけ、母の感情がわずかに揺れるようだったのを、わたしは感じた。嘘をつかない代わりに、言わずにいることがあるのかもしれない。ふとそう思った。

母の話を聞いたあとでも、具体的な父親の像を思い描くことがわたしにはできなかった。

それ以来、わたしはもう母に父親のことを訊くことはなかったし、母が話すこともなかった。おそらく、この先もないだろうと思う。それでもわたしは、父親のことを考えずにはいられなかった。

母の話のなかで唯一父親のなにかに触れられたように思えたのは、やはり枯れた菊の絵のエピソードだった。わたしはどうしてもその絵を見てみたくて、ユキさんも母もいないときに、母が自宅で仕事をするのに使っている部屋にはいって、画集を捜した。

「靉光はママがとくに好きな画家だったから」と、母は言った。だったら、絶対に画集を持っているはずだ。そしてそれがあるとしたら、ハイツかつらぎの仕事場ではなく自宅のほうだという気がした。

アイミツ、アイミツ。

母の本棚には、そんな名前の画家はいなかった。日本人画家の画集も何冊かあって、中国人のようなお坊さんのような漢字の名前がひとつあった。やたらと難しい漢字と光。なんとかこう?

ちがう、〝こう〟じゃなくて〝みつ〟と読むんだ。あいみつ。このひとだ。

画集を取り出した。

まるで父親の絵を覗き見るような、父親そのひとを見るような気持ちになって、胸が苦しくなった。

画集を開くと、いきなり大きな眼《め》に射すくめられた。これが靉光の絵なのか。母の話に出てきたのは菊の花のことだったから、てっきり花の絵ばかり描く画家だと思い込んでいた。ページをめくる。

画家の自画像を見た。

母の話に出てきた菊の花を見た。

本棚に戻した途端また見たくなって、また見た。

その気になれば、父親のことを調べることは可能だろう。たとえ戸籍の父親の欄が空欄だとしても、父親の父と弟が経営しているという会社を調べることはできるはずだ。でも、そんなことをする気持ちは、当時もいまもわたしにはない。「わたしたちとは関係ないのよ」と繰り返した母の言葉に背く気持ちにはまったくならない。

わたしが中学に入学した春、ユキさんが入学祝にとお金をくれた。いつかちゃんの好きなものを買いなさい、と。

わたしはそれで、靉光の画集を買った。

父親が恋しいのではなかった。ただ、知りたい気持ちだけは消えずに残っていた。もっとも、靉光の画集も、父の実像を知る手助けにはならなかったのだが。

10

郷里に帰ることは、もうずいぶんと前から考えていたのだと、ユキさんは言った。

年末年始の三日間だけ実家のある長野で過ごして、お土産とわたしへのお年玉を持ってユキさんが家に来るのが正月二日。その夜に、普段は絶対に買わない霜降りの牛肉で拵えたすき焼きを三人で食べるのが、もう何年も続く決まり事になっている。

大晦日《おおみそか》に、いかにも間に合わせという感じのおせちの詰め合わせと、ひとつずつ個別にパックにはいっている切り餅《もち》を買って、母が元旦《がんたん》にテーブルに載せるおせちとお雑煮よりも、二日の夜のすき焼きがわたしには断然お正月のごちそうだった。

「いつかちゃんがもう小学校を卒業するのだものね」

あつあつのすき焼きとグラスに一杯だけのビールで赤い顔をしたユキさんが、そう言った。

「まだ三学期はこれからだよ」

わたしが言うと、

「でも、三学期はあっという間に終わっちゃうのよ。気がついたら、卒業式の前の日よ」

と、ユキさんの何倍もビールを飲んでいる母がそう言った。

「あの小さないつかちゃんがね」

ふいにユキさんが泣きそうな顔になり、そのユキさんを見て、母の目もうるんだ。

小さないつかちゃんというのは、いつごろのわたしのことだろう。赤ん坊のころか、保育園から手をつないで帰ったころのことだろうか。

わたしは知っている。ユキさんにとってわたしは、いつだって小さないつかちゃんであるということを。中学生になっても高校生になっても、たとえ大人になったたって。

「ふたりとも泣かないでよ」

と言ったわたしに、

「泣いてなんかいないわよ」

と言い返したのは母で、

「やあねえ。年をとると涙もろくなっちゃって」

と、答えたのはユキさんだった。普段なら、ユキさんは絶対そんなことは言わない。その日は、ユキさんはずっといつものユキさんではなかったのかもしれない。でもわたしも母も、ユキさんから決定的な言葉を聞くまでは、そんなことには気づきもしなかった。

食後に母とユキさんはコーヒーを、わたしは麦茶を飲んでいた。

「ユキさん、お土産、食べていい？」

「どうぞ食べて」

ユキさんのお土産は小布施《おぶせ》の栗《くり》のお菓子だ。

「みなさんはお元気でした？」

ユキさんのお土産を開けながら、母が訊く。みなさんというのは、ユキさんのおかあさんと、弟さん夫婦と夫婦のふたりの子どもたちだ。子どもといっても、中学生と高校生らしい。

「おかげさまで。ただ母がちょっとね」

「具合がよくないの？」

「よくないっていうか……まあそうかしらね」

そう言ってユキさんはひとつ大きなため息をついた。ため息も歯切れの悪い話ぶりも、考えてみればまったくいつものユキさんのようではなかった。

「ユキさん、大丈夫？」

「大丈夫よ、いつかちゃん。大丈夫。大丈夫。大丈夫」

ユキさんはそう答えた。大丈夫。大丈夫。そう唱えてはわたしたちを励ましてきたユキさんが、そのときばかりは、ユキさん自身を励ましているように聞こえた。

八十歳を超えているユキさんのおかあさんには認知症の症状が出始めていたものの、日常の生活にまだまだ支障はないのだということは、母もわたしもユキさんから聞いて知っていた。

「去年のお盆に帰ったときはかなり進行しているっていう感じだった。ああ、もうひとりは無理かなって。でもね、弟が施設の話をしても聞く耳をもたないの。わからないんじゃなくてね。そういう話は、母の意識がはっきりしていて精神状態も落ち着いているときにするんだけれど、頑として受け入れない」

「そう」

「それでね、帰ることに決めたの」

「帰るって、ユキさんが、長野に？」

「弟夫婦は共稼ぎで思春期の男の子もいるし、義妹《いもうと》に母を見てくれなんて、とても言えない。わたしは母とは折り合いが悪くてほとんど家に寄りつかなかったから、正直自信はないんだけど。でもまあ、せめてっていうか、だからこそっていうか、最後くらいはっていう気持ちがあるのよ」

「そう。でも区役所はどうするの？」

「やあねえ。定年よ」

と、ユキさんは言った。

「やだ。やだやだやだ」

それまで黙ってふたりの話を聞いていたわたしは大声をあげた。

「いつか」

と、母が言った。

「いつかちゃん」

と、ユキさんが言った。

「まだすぐってわけじゃないわよ」

「いつ?」

「いつかちゃんが小学校を卒業したら」

「そんなのすぐだよ」

それきり、わたしは口をきかなかった。

どんなにわたしが拗《す》ねたところで、ユキさんの決意が変わるわけはなかった。

このことがなくても、わたしたちのところに通うのはわたしが小学校を卒業するまでと決めていたのだともユキさんは言った。定年だしね。うまい具合にできているのよ。それを過ぎたら、自分のほうが迷惑をかけることになるから、と。

「そんなこと、絶対ないから」

母とわたしの声が重なった。


卒業式にユキさんは母といっしょに来て、保護者席にいるだれよりもたくさん泣いた。

小学校の卒業は、わたしの毎日から大事なふたりのひとをいっぺんに連れ去ることになった。ひとりはユキさん、もうひとりは彩音ちゃんだ。

そうしてわたしは母とふたりきりになった。

「もともとふたりだったのよ」

三月末に区役所を定年退職したユキさんが、それからたった五日後のわたしの中学入学を待たずに長野に帰ってしまったその夜、母はそう言った。

さびしいふたりきりの夕食のときだった。

それまでだって、とくべつなこと——三人のうちのだれかの誕生日とか運動会とか——がないかぎり、日曜日はいつも母とふたりだった。それはふつうで、さびしくもなんともなかった。明日になればまたユキさんが来ることを知っていたからだ。明日ユキさんが来る、などとわざわざ考えもしないくらいに、当然だったから。でも、もういくら待ってもユキさんは来ない。明日も明後日《あさって》も、それからもずっと。

「いままでがとくべつだったのよ」

と、母が言った。

「いままでがとくべつ？」

「そう。とくべつだなんて、いつかは考えなかったでしょう？」

「うん。ママは考えてたの？」

「初めてユキさんと出会ったころはね。あの不動産屋さんが言ったことはほんとうだったって」

「不動産屋さん？」

「ここを紹介してくれた不動産屋さんじゃなくて、昔、ハイツかつらぎにはいったときの不動産屋さんがね、ここにはいるひとは運がいいって太鼓判を押してくれた」

「ユキさんに会えたことはとっても運がいいことだったよね」

「そう。ほんとうに。でもいつのまにかママも、ユキさんがいてくれるのが当たり前になっていった」

「うん。いつかも。いつかもユキさんがいるのは当たり前だった」

「でも……」

「でもなに？」

「ユキさんはどうだったのかなって」

「ユキさんは運が悪いってこと？」

「そうじゃないわよ。ママといつかにとって、ユキさんに会えたことは、運がいいなんて簡単には言えないくらいのこと、すごいことだった。ユキさんがいなかったら、ママといつかの人生はもっとひどいことになっていたかもしれない。ユキさんは自分の持ち分までママに分けてくれたんじゃないかなって」

「やっぱりそう言ってるじゃん。それって、ユキさんに失礼だよ」

「でもね」

「でもねじゃないよ、あやまってよ。感謝するのとかわいそうに思うのは全然ちがうよ。全然ちがうんだから」

「泣かないでよ、ごめん」

わたしは泣いてなどいなかった。怒ってはいたけれど。泣かないでよとそう言った母が泣いていたのだ。

「ねえママ、仲直りしよう」

と、わたしは言った。

「そうだね、ユキさんはいないんだから、もう喧嘩《けんか》の仲裁にはいってくれるひとはいないもんね。これからはふたりが当たり前になっていくんだ」

と、母は言った。

それが当たり前になっていけば、さびしくも、泣きたくもならなくなっていくのだと、母が言っている気がした。

「当たり前になんかなりたくないし。っていうか、ならないよ」

わたしは言い返した。

「悲しいけど、なっていくのよ」

と、母は言った。

「ならないよ」

「そうね、そう簡単にはなるはずないね。いつかは、生まれたときからユキさんといっしょだものね」

生まれる前からだよ。そうこころのなかで言った。

母のお腹のなかで聞いていたユキさんの声を、わたしを待ちわびるユキさんの言葉を思い出した。そのときから、ユキさんはわたしといっしょにいてくれたのだ。

「会おうと思えばいつだって会えるのよ。ただ、毎日会えないっていうだけ」

「じゃあ、明日会えるの？」

「明日は無理だけど」

「明後日は？」

「ねえいつか、ママを困らせないで」

母を困らせるつもりはなかった。母だってさびしいのだということはわかっていた。

「あっ」

母が小さく叫び声をあげた。

「なに？」

「明日から、晩ごはん、どうしよう。毎日、スーパーのお惣菜っていうわけにはいかないし」

ついいましがたまでとは違う現実的な声で、現実的なことを母が言った。

「できるかぎりわたしが作るよ」

「いつか、料理、できるの？」

目をむくようにして母が訊いた。

「ユキさんに仕込まれたから」

それまでにもわたしは晩ごはんを作るユキさんの手伝いをしていた。ユキさんを手伝って料理をするのは楽しかった。そして最後の二か月、わたしひとりでもごはんのしたくができるように、手軽でおいしくからだにいい料理を、ユキさんはいくつもいくつも教えてくれた。

ハンバーグのたねにまぜるパン粉には牛乳ではなく水を含ませたほうが、焼いたハンバーグがジューシーに仕上がることや、豚の生姜《しょうが》焼きは調味料に長く漬け込むと肉がしまって固くなってしまうこと、肉や卵は常温に戻してから料理することなども教わった。

そしてなにかあったら、いつでも電話しなさいね、とユキさんは言った。

いつでも会えるのよという母の言葉より、いつでも電話しなさいと言ったユキさんの言葉のほうが、はるかに実現の度合いが高そうだった。それを思い出したら、すこしこころが晴れた。

早くもユキさんのいない日常に慣れ始めたというのではなく、ユキさんの全部を失ったわけではないと気づいたからだった。

ユキさんがわたしたちの生活からいなくなったのが突然だったように、祖母がわたしたちの生活に加わったのも突然の出来事だった。

庭のオダマキが咲き終わって、

「ユキさんのオダマキ、終わっちゃったね」

と母と言いあった、おだやかでなんとなくものたりない日曜の午後だった。

わたしたちは、ユキさんのいない生活にずいぶんと慣れてきていた。

慣れることはないと思い、慣れることは裏切りのように感じていたわたしが、どうしようもないさびしさや罪悪感を感じないで済んだのは、わたしたちが頻繁に電話で連絡をとっていたからだろう。ユキさんはまるで、単身赴任をしているわたしたちの家族のようだった。

そしてもうひとつ、ユキさんが郷里に帰っておかあさんの介護をすることを、ユキさん自身がこころの底で喜んでいたことも、わたしたちを励ますのに充分なことだった。

「それはたのしいことばっかりじゃないってユキさんも言っていたけどね。いつも自分の前に立ちはだかっていた親が弱って小さくなったのを見ると、かなしくなるときもあるって。でもだからこそ帰ってよかった。折り合いが悪いまま、さよならにならなくてよかったってさ」

ユキさんがそう言っていたと母は教えてくれた。

電話が鳴ったとき、だから母もわたしもユキさんからだと思った。家の電話にかかってくるのは、ユキさんからと学校の連絡網だけだった。この電話は最初、ハイツかつらぎにあったのを持ってきたものだ。母は仕事では専《もっぱ》ら携帯を使っている。

「はい斎藤です」

勢いよく出ると、

「いつかちゃん、だっけ？」

男のひとの声がそう言った。聞き覚えのない声だ。

「はい、そうです」

怪しみながら答えると、

「ぼくは、きみのおじさん。おかあさんはいる？」

と、言った。

「あのう、お名前は……」

わたしの受け答えを不審に思った母が、

「代わろうか、いつか」

と、言った。

「うん。おじさんって言ってる」

「おじさん？　だれの？」

「わたしの」

そう言いながら、受話器を母に渡した。電話を代わった母が、

「お兄ちゃん?」

と言うのを、わたしは聞いた。

長い電話だった。耳をすまして聞いていたわけではないけれど、楽しい話でないことだけは母の声の調子からわかった。案の定、受話器を置いた母の第一声は、「ああ困った」だった。

「困った困った」

と、今度はわたしに向かってはっきりとそう言った。

「なにかあったの?」

と、わたしは訊いた。

「あのひとがうちに来るって」

「あのひとって?」

「いつかのおばあちゃん」

「わたしのおばあちゃん?」

「おばあちゃんって言ってもねえ、会ったこともないんだから、いつかにしてみれば見ず知らずのおばあさんだよね」

母が祖母に対して抱いていた怒りのようなさみしさのような、なんとも表現のしようがない感情を、わたしはたちまち思い出した。それをわたしは生まれる前に、母のお腹で感じたのだった。母が祖母のことを考えていたあのときに、母の気持ちは羊水のなかにいたわたしの皮膚を包んだのだった。

わたしが小さかったころ、子どもだった母の話をねだっても話そうとはしなかった母のことも思い出した。

「あなたのおばあちゃんは」

と、母が言った。

「おじいちゃんが亡くなってから、ひとりで暮らしていたの。それが今年のお正月に転んで、骨折してしまったんだって。それで、お正月におばあちゃんの家に来ていたおじさんが、さっきの電話のおじさんだけどね、そのおじさんが家に連れて帰ったんだって。おばあちゃんの経過は順調らしいけど、まだひとりにさせるのは無理だろうって。でも、これ以上、おじさんのところで面倒を見るのも無理なんだって」

「それで、山形から家《うち》まで来るの？」

「ううん、おじさん、東京に住んでるのよ。結婚して」

「わたしのおじさん、東京にいたの？」

「東京だって、山形だって、ママにとっては同じだけどね。だってもうずっと会ってないから」

「でも、いつかのことは知っていたよ」

「おじいちゃんの法事のことで一度連絡があって、そのときに話したんじゃなかったかな。たぶん」

「たぶん？」

「ママからわざわざ知らせたりはしなかったから、話したとしたらそのときぐらいしか考えられないの。とにかく、おじさんが言うには、もう歩けるようにはなっているから、あとはリハビリみたいなものらしいんだけど。いきなりまたひとりにして、なにかあったら困るからって。どうしても無理なら、山形に帰すって言ってる。どうする？」

どうするって、ママは最初に、おばあちゃんが家に来るって、たしかにそう言った。もう決めているんじゃないの。

そう思って母を見ると、母はなんだかぼんやりとしているのだった。困り果てていたのかもしれない。

「いつかはいいよ」

「ありがとう。でも、かなり難しいひとなんだよ。いっしょに暮らせば、いつかがいやな思いをするかもしれない。おじさんのところだって、きっともめて出るんだから」

「大丈夫だよ」

「そうだといいけど。あのひとも年をとっただろうし、昔のようではないと思うけど」

「ママも年をとったしね」

と、わたしは言った。冗談のつもりで。少しでも母を元気づけようとして。でも、それは通じなかったみたいだ。

「そうだよね。ママはもう、小さな子どもじゃないんだから」

と、母は真面目《まじめ》な顔で言った。

11

自宅の仕事場にあてていた部屋を、滞在中の祖母の部屋にするために空けることになった。いっぱいになっていた仕事道具は、ハイツかつらぎのほうに戻すしかないのだったが、ハイツかつらぎの部屋にはいりきるかどうかは怪しいものだった。

「なんとか押し込むしかないわ。ほかに方法はないんだから」

母はなるべくなんでもない風を装おうとしていたけれど、祖母のことが気になってしかたないのは、傍《はた》から見ていてよくわかった。それはわたしも同じだった。いきなりおばあちゃんにおじさんやおばさんという存在が現れたのだから、それをどう捉《とら》えたらいいのか、どう振る舞えばいいのかわからないのは当然だった。

荷物の整理はどうにかできても、母やわたしの気持ちの整理は完全じゃないままに祖母が来る日を迎えた。

祖母は伯父夫婦といっしょに、伯父の車でやってきた。

母にとっては十六年ぶりの、わたしにとっては初めての対面だった。

外ではまだ杖《つえ》が必要だが、室内ではもう使ってはいないという祖母はとても元気そうで、すこしもおばあさんには見えなかった。瘦《や》せてはいるが、背筋は伸びていて、いまでも学校の先生のような雰囲気があった。厳しくて、とっつきにくい先生の。ずっと前に母が話してくれた数少ない祖母の話の印象と一致してはいたが、怪我《けが》をして弱ったおばあさんを想像していたわたしは驚いた。

「お世話になります」

と、いうのが祖母の第一声だった。

「お世話だなんて。行き届かないと思うけど、のんびりしてちょうだい。おかあさん、元気そうでよかったわ。それで、この子がいつか」

そう言って、母が私の肩を抱いた。

「こんにちは」

と、わたしは言った。

「こんにちは。お世話になりますね」

その言葉を祖母はわたしにも繰り返した。

祖母との初対面の挨拶が済むと、今度は伯父夫婦と挨拶を交わした。

ユキさんは家族のひとりだから、家族以外でこの家に来たのはそれまでは彩音ちゃんしかいなかった。そして、この家で三人以上の人間を目にするのも初めてのことだった。

母子、兄妹《きょうだい》、夫婦、祖母と孫——係累として最も近しい人間が、広いとは言えないダイニングのこれもまた小さなテーブルを囲んでいるというのに、親しげな雰囲気はどこにもなかった。だれもがなにを話していいのかわからないというように、しばらくのあいだ沈黙が続いた。ぎこちなくて落ち着かなかった。だから、

「雑誌を……」

と、祖母が言ったとき、正直わたしはほっとしたのだった。

「見ましたよ。あなたが載っていた雑誌。美穂子《みほこ》さんが送ってくれたから」

「偶然見つけたんです。嬉しくなって、お義母《かあ》さんにもお送りしたんです。活躍してるんだねって、正志《まさし》さんとも話してたんですよ」

「ひとさまの絵を修繕することが活躍かどうかわかりませんけどね」

と、祖母が言ったとき、母の顔色が変わるのがわかった。

「修繕じゃなくて、修復だよ。絵画修復は高度な知識と技術を必要とする専門職だよ。だれにでもできることじゃない。かあさんも喜んでたじゃないか」

伯父がとりなしても、その場の雰囲気が和むことはなかった。

「わたしもご近所や友だちに自慢したんですよ」

美穂子さんと呼ばれた伯父の奥さんもそう言った。

「ありがとう」

と、母は言って、かすかな笑い顔を美穂子さんに向けた。

「でも、おかあさんの言うとおり、自分の絵で食べているわけじゃないから。絵描きになるって啖呵《たんか》を切って美大に行って、高い学費も出してもらって、絵描きになってはいない」

「まあまあ。昔のことはともかく大したもんだよ。槙が忙しいのはわかってるんだが、こっちも受験生を抱えてるんでね」

「年寄りはどこにいっても邪魔ものですから」

祖母がつぶやくように言ったのを、伯父は聞こえなかったふりをした。そして、

「いつかちゃん、おばあちゃんを頼むよ」

と、わたしに言った。

わたしはこくりとうなずいた。

それからしばらくして、伯父夫婦は帰っていった。

ごはんでも食べていったらと母は縋《すが》るような熱心さで勧めたのだけれど――兄が懐かしいというより母親がひとり残ることが不安だったということは容易に知れた。祖母と相対するまでの時間を引き延ばそうとしているのだ――、夕方になると道路が混むからと、伯父夫婦は引き上げていった。

マンションの敷地の外まで見送った母に、伯父は声をひそめるようにして、

「できればお盆まで置いてやってほしいんだ。そうしたら、俺がお盆の休みにはいったら、山形まで送っていく。お盆明けは向こうで、大丈夫だろう。それがいちばんありがたいんだがな。平気か？」

と、言った。

「平気も何も。そうしなきゃだめなんでしょ」

というのが母の答えだった。

「槙さんごめんなさいね。わたしがもう少しうまくやれればよかったのだけれど」

と、美穂子さんが謝った。

「あのひととうまくやれるひとなんてめったにいるものじゃないわ。気にしないで」

「ええ、ありがとう。これをきっかけにっていうのもおかしいけど、これからは連絡を取り合って行き来しましょう。いつかちゃん、おばさんのところに遊びに来てね」

美穂子さんはそう言って微笑んだ。


部屋に戻ると、祖母は椅子に座ったまま、ぼんやりしていた。

「おかあさん、疲れたでしょう。布団を敷くから、ごはんまで横になったら」

「そうですね。わたしがここにいても邪魔でしょうから」

と、祖母は言った。

さっき伯父がそうしたように、今度は母が祖母の言葉が聞こえなかったふりをした。ただ無視をしただけかもしれない。その代わりに、

「いつか、お布団を敷いて、おばあちゃんを部屋に案内してあげなさい」

と、わたしに言った。


「あら、庭があるのね」

布団を敷き終わって、祖母を部屋に案内した。となりの部屋に行くことが案内と言えればだけど。祖母が真っ先に目を留めたのが庭だった。

祖母と並んで、窓から夕暮れ近い庭を眺めた。庭には、垣根のレッドロビンと花を終え

たばかりのオダマキがあるだけだったが、マンションの庭は祖母を喜ばせたようだった。

「あれはオダマキね」

と、祖母が言った。

「このあいだまで、ピンクの花を咲かせてたんだけど」

と、わたしは言った。

「山形の家の庭にもオダマキはありますよ。花色は薄紫です。山形でオダマキが咲くのはこれからです。山形は寒いから」

「夏になったら、ひまわりが咲くんです」

「この庭に？　あの大きなひまわりが？」

「あ、そんなに大きくはなくて。学校のひまわりは大きかったけど、ここに植えたひまわりは、そんなに大きくはならないって」

「そうですか。槙が……おかあさんがそう言ったの？」

「ママじゃなくて、ユキさんが」

「ユキさん？」

「ママとわたしを……」

言葉に詰まった。どう言えばいいのかわからなかった。ユキさんをひとことで説明することはできないという気持ちがあるうえに、わたしの言い方に滲んでしまうはずのユキさんへの愛情を、祖母がどう思うかも気がかりだった。

祖母が庭からわたしへと視線を移したのがわかった。続きを促されているように感じた。

「助けてくれたひとです」

と、わたしは言った。

「そうですか」

と、祖母は言い、

「それはよかったですね」

と、続けた。

祖母のその言葉を聞いたとたん、わたしはふいに胸が詰まった。頭ではなくからだが、ただからだだけが反応したような具合だった。

隣に立つ祖母を見た。祖母の横顔は母に似ていた。わたしが母に似るよりずっと、母は祖母に似ている。そう思った。

それと同時に、祖母と母がかつてどんな仲であったとしても、わたしは祖母を嫌いになりたくないと思った。いや、そのときには、わたしは祖母を好きだったのだと思う。

最初の何日かは、学校から家に帰ってくると祖母がいる状況にうまくなじめなかった。それは祖母も同じだったのだろう。それどころか馴染《なじ》みのない場所で、外に出ることもままならず、たったひとりで過ごしているのだから、いちばんつらかったのは祖母だったはずなのだが、学校にいるあいだはそういうことは忘れていた。

母は朝から仕事場に出て、晩ごはんにしか戻らない。そして、祖母と顔を合わす時間を最小限にしようとするみたいに、食事が済むと、また仕事場に戻っては、遅くにならないと帰ってこなかった。祖母が眠っているか、眠ってはいないまでも床に就いている時間まで。

「毎日、あなたがごはんのしたくをするの？」

と、祖母は訊いた。

「中学にはいってからは」

お米を研ぎながら、わたしは答えた。

「それまでは？」

「ユキさんが作ってくれてました」

「ユキさんというのは、お手伝いさんだったの？」

「そうじゃなくて、区役所に勤めているひとです」

「区役所に勤めているひとが、どうしてここのうちのごはんを作るのかしら。福祉の方かしら。恥ずかしい」

祖母の顔がとたんにむずかしくなった。母のこともわたしのことも、そしてユキさんのことも非難されているように感じてしまう。

「福祉って?」

と、わたしは訊いた。

「いえ、だから、ここのうちは母子家庭でしょう? それで区役所の福祉課の方が……」

「そんなんじゃありません。ユキさんはママが仕事場にしているハイツかつらぎにずっと住んでいて、それでママと知り合いになったんです。ママがひとりで大変だからって、保育園のお迎えをしてくれたり、ごはんを作ってくれたりしたんです。庭の花を植えたのも、ユキさんです」

「ああ、その方ね」

と、祖母は言った。

わたしの思い過ごしだったろうか。そのときの祖母は、何日か前、庭を見ながら「よかったですね」と言った祖母とはまるで違うひとのように思えた。


あるとき、祖母は、「あなたは、なにか習い事は?」と、訊いた。なにも習っていないと答えると、小さいころはどうだったのかと重ねて訊いてきた。

「小さいころも」と、わたしは答えた。

「そうですか」

と、祖母は言い、黙り込んでしまった。

それからしばらくして、

「あなたのおかあさんは」

と、言った。

祖母とそういう話をするとき、たいがいわたしは晩ごはんのしたくをしていて、祖母はダイニングテーブルの椅子に座っていた。テーブルの上には、文庫本が置いてあった。ひとりでいるとき、話をしていないとき、祖母は老眼鏡をかけて本を読んでいた。

「いったいどういうひとなんでしょう。勝手に子どもを産んで、産んだら産んだでその子を放《ほう》りっぱなし。あなたはおさんどんばかりして、勉強する時間なんてないじゃないの。父親のいない子を産むなんていうのがそもそも……」

わたしは黙っていた。聞こえないわけでも、聞こえないふりをしているわけでもなかったが、なにを言ったらいいのかわからなかった。そして、祖母の言葉の最後のほうは聞かなかったのだ。こころを閉ざして。できることなら、両手で耳も塞《ふさ》ぎたかったけれど。

黙ってごはんのしたくを続けた。それに集中したかった。祖母を視界からだけでなく、こころからも追いやってしまいたかった。できることなら、この家からも。でもできるわけがなかった。そして、そういうことを考えることはつまり、祖母のことでこころをいっぱいにしてしまうことだった。

そういえば祖母が母を名前で呼んだのは、最初の日のたった一度のことだったなと思った。そのときだって、すぐに言い直したくらいだったのだ。あなたのおかあさんは、と。わたしに至っては、まだ一度も名前を呼ばれてはいなかった。

初めて見る中学生を、孫だと思うことが祖母にはできないのだろう。それも母が勝手に産んだ子どもではなおさらだ。祖母を好きでいたかった。でも、ユキさんに対して自然に抱いていた掛け値なしの愛情を、祖母に持つことはわたしにもできなかった。

日が経つにつれて、わたしはユキさんが恋しくてならなくなった。ユキさんに会いたかった。会うことができないなら、せめてユキさんと話をしたかった。祖母が来てからというもの、わたしはユキさんに一度も電話をしていなかったのだった。祖母のいるこの家で、ユキさんに電話をするのはいやだったから。

毎日のように電話をかけてきたわたしからいきなり音《おと》沙汰《さた》がなくなって一週間、ユキさんはなにかあったのではと心配してはいないだろうか。でも、ユキさんからも電話がないのは、母が我が家の状況をユキさんに伝えてあるからにちがいないのだった。

そんなことをあれこれと考えていて、わたしはつい、味噌汁を沸騰させてしまった。味噌汁は噴きこぼれて、レンジの火を消し、まわりを汚した。鍋のなかに残った味噌汁は沸騰して、ぷつぷつと泡立っていた。たちまちわたしは、「お味噌汁は沸騰させちゃだめなのよ。お味噌の香りが飛んでしまうから」というユキさんの言葉を思い出した。

あのころに戻りたかった。父親のいる子どもになりたいとは思わなかったけれど、ユキさんと母とわたしの三人のあの暮らしに戻りたかった。

わたしはこころのなかで母を詰《なじ》った。ママは逃げる場所があっていいよね。ママは仕事だって言えば、おばあちゃんと顔を合わせないで済むんだから。だけど、わたしは。わたしは。

わたしは帰ってからずっと祖母といっしょなのだった。


ある夜、晩ごはんが終わって母が仕事場に戻ったあと、わたしはダイニングのテーブルで漫画を描いていた。家のことと宿題とで精一杯だったわたしは、ほんとうに久しぶりに漫画を描いて、いつのまにかそれに夢中になっていた。

お風呂から出た祖母が、たぶん「お先に」と言ったのだろうと思う。祖母はお風呂から出ると、決まってそう言ったから。けれど夢中で漫画を描いていたわたしには聞こえなかった。

「まあ、返事もしないで」

という声にびっくりして顔をあげると、そこに祖母がいた。

「あ、おばあちゃん」

と、わたしは言った。

「お風呂、もう出たの？」

「ええ。お先に。珍しくお勉強をしているのかと思ったら、漫画を描いていたのね」

わたしは、「上手ね」だとか「やっぱりカエルの子ね」などという言葉を期待していたわけではない。祖母にしたって、漫画なんかとあからさまに非難したわけではない。でも、祖母の言い方には皮肉な調子があって、そこに反応しないでいられるほど、わたしは大人ではなかった。

必要以上に大きな音をたてて画材を片付けると、わたしは口もきかずにお風呂にはいった。

それからは、なにもかもがうまくいかないようになってしまった。似たようなことが繰り返された。

非難の対象は漫画からテレビのお笑い番組に変わり、本を読んでいればいたで、その本は祖母のお眼鏡にかなわなかった。祖母は通俗、低俗の判子をわたしの至るところに押したがっているみたいだった。そして、ひとつとして習い事をさせなかった母への非難は、わたしが粗野な人間だということへの遠回しの批判になった。

いつのまにか、勝手をして家を飛び出したはずの母は、祖母の記憶のなかで親思いのこころやさしく学業優秀だった娘へと変わり、その娘の子どもがわたしであることが悲しくてならないというようになった。祖母の自慢の娘に、わたしはなにひとつ似ていないと祖母は嘆いた。きっとあちらに似たのでしょう、と。

結局、祖母はわたしを好きではないのだ。父親としての責任も取らず、どこでなにをしているかわからない男の子どもなんて、だれが好きになるというのだ。そう思うと、悔しいより傷つく気持ちのほうがはるかにまさった。

いままでがとくべつだったという母の言葉を、わたしは思い出した。母の言うとおりだ、いままでがとくべつだったのだ。でも、母はそのすぐあとで、こうも言った。「これからはふたりが当たり前になっていくんだ」と。

でもふたりではなかった。

ふたりだったら、よかったのに。

ふたりだったら。

母が忙しくてわたしに目もくれなくても、そのことでどんなにさびしい思いをしても、わたしの家事の負担がいまより増え、習い事どころかろくに宿題さえできなくなっても、それでも我慢する。

ユキさんを、ユキさんとの生活を返してほしいなどとは願わない。ただ、母とふたりになりたい。ほんとうは初めからそうだったように。

けれど、それは虫のいい話なのだろう。

ユキさんがいなければ、わたしと母はもっとつらい思いをして生きてきたにちがいないのだから。

ユキさんがいてくれたおかげで、わたしは愛に飢えることもなく、母もめいっぱい仕事ができた。生活も安定した。その代価を払わないでは通ることができないのだということを、わたしは感じていた。

幸運で幸福だったことの代価は、あまりにも法外だった。

それは、わたしを傷つける祖母の存在だけにとどまらなかった。自分の母親なのに、自分はさっさと仕事に逃げて、祖母の前に立ちはだかってくれない母を、わたしは恨んだ。祖母が来る前、自分はもう小さな子どもではないと言ったのは母ではなかったか。大人なら、大人らしく振る舞ってほしかった。母親として、わたしを守ってほしかった。

祖母を嫌悪する気持ちが昨日より今日、今日より明日と大きくなるのは確かで、その肥大する気持ちにもわたしは怯《おび》えた。それはわたしの限度をはるかに超えていた。


その夜も母はいつものように遅くに帰ってきた。母が玄関を開けると同時に匂ってくるテレピン油の匂いが、けれどその夜はしなかった。

祖母はとっくに眠っていた。

でも、わたしは起きて母を待っていた。母に話したいことがあったから。

帰ってくるとすぐにお風呂にはいる母が、その夜はまっすぐに寝室にきた。絵具やテレピン油の代わりにかすかにお酒の匂いがした。

「お帰り」

と、わたしは言った。

「あ、ただいま。起こしちゃった？」

「ずっと起きてた。それよりママ、仕事じゃなかったの？」

「仕事のつきあい。つきあいも仕事のうち」

と、母は言った。

「ふうん」

と、わたしは返事をした。

「遅いわよ。早く寝なさい。ママももう今日はこのまま寝る」

「ママ」

「なに？」

「話がある」

「話？　明日じゃだめ？」

「今日聞いてほしい」

「今日は、ママ、もうだめだ」

母は布団に入り込んだ。

「ママ、起きて」

「うん……」

「ママ、ちゃんと起きて、ちゃんと聞いて。わたしをユキさんのところに行かせてほしいの」

布団の上に正座して、わたしはそう言った。母は、布団から出てこようとしなかった。それでも手を伸ばして、わたしのひざに触れた。

もう何日も考えたことだった。長野でユキさんが認知症のお母さんの介護をしていることは承知していた。でもわたしはもうユキさんの手を煩《わずら》わせる小さな子どもではない。いまなら、ユキさんを手助けすることだってできる。そしてなにより、わたしが行きたいと言いさえすれば、ユキさんは拒まないだろうという自負がわたしにはあった。ユキさんはいつだって、ありのままのわたしを受け入れてくれることを、わたしは信じて疑わなかった。

わたしの手首にすでに何本もの傷があって、包帯の幅が日に日に太くなっているのを、母はまったく知らない。でもユキさんなら、すぐに気づくだろう。すぐに気づいて、それはどうしたのと訊ねるだろう。ユキさんにになら、わたしはほんとうのことが言える。ほんとうのことが言いたい。

わたしはどんなことがあっても、祖母には気づかれたくなかった。その手首の包帯はなんなのかと訊かれたくなかった。

いまはまだ長袖《ながそで》を着ていて包帯を隠すことができている。でも、もっと暑くなったら。

もう時間の問題なのだ。ついこのあいだだって、「ずいぶん暑いわね。こんなに暑いの
に、あなたは長袖を着ているの？」そう言われたばかりなのだから。「我慢強いのね」っ
て、あの嫌味な調子で。

「ユキさんのところって……ユキさん、大変なのよ、それは知っているでしょう。遊びに
行くなんてとんでもない。ねえ、ママ、疲れて眠いの。もう早く寝よう」

それだけ言うと、母は横になってしまった。

「ママ」

「明日、明日」

眠そうな母の声がそう言った。

「ねえ、ママ」

母はもう返事をしない。

夜明け近くまで、わたしは母の寝顔を見ていた。からだががたがたと震えた。震えを抑
えるように、自分のからだに腕をまわしてぎゅっと力をこめた。

やがて、新しい朝の光がカーテン越しに射し込んでくると、机の引き出しからカッター

と包帯を出して、また一本、腕に線を引いた。このごろはもうあまり痛くない。

12

手首の包帯に最初に目を留めたのは、祖母だった。

六月にはいって暑い日が続いても、わたしは長袖のシャツを着続けた。

「我慢くらべかしら?」

晩ごはんのとき、祖母がそう言った。

「そうよ、いい加減暑いでしょう。せめてまくったら?」

母までがそう言った。

「いい」

「左の袖口からのぞいているのは包帯のようだけど」

そう言ったのも祖母だ。わたしは黙っていた。

「どうしたの? ちょっと見せてごらん」

母の言葉に、

「いいから、ほっといて」

思わずヒステリックになった声で返事をした。

「そういう口のきき方はないでしょう、親が心配しているというのに」

「親じゃないひとは黙ってて！　関係ないでしょ」

「いつか、おばあちゃんにそんな口をきかないの」

わたしは、音を立てて箸を置いた。

なにも聞きたくない。なにも言いたくない。なによりも、いまここにはいたくない。

立ち上がると、わたしは寝室にひきこもった。

「いつか」という母の声は無視した。

母が立ち上がる気配がした。こちらに来る足音も。

「開けないで。絶対に開けないで」

そう叫んだ。

「いつか」

開けようと思えば難なく開けられる引き戸を開けないまま、母がその前でわたしの名前を呼んだ。懇願するような声だった。

「お願いだから、いまはひとりにしておいて。ママたちはごはんを食べて。わたしはもういらない」

わたしはそう言った。なるべく普通の声になるように、こころを無理矢理落ち着かせながら。

引き戸に張り付いていたものがはがれるような気配をさせて、母が戻っていくのがわかった。そのあとはしんとしていた。

それからしばらくして、ごはんを食べ終えてしまったのか、かちゃかちゃと食器を片づける音がし始めた。その音に混じって、

「あんなふうにひねくれるのは、ほったらかしにしているからですよ」

という祖母の声が聞こえた。

「いつかはいい子よ。よくやっているわ。ごはんのしたくだって掃除だって文句ひとつ言わずにやってくれるのよ。ひねくれもせず素直に育ってくれたと思うわ」

という母の声も聞こえた。

「わたしがここに来たのがまちがいだったのかしら」

「そんなこと、ひとことも言ってないじゃない。ただ、もっとあの子のいいところを見てほしいの」

「わたしは長いこと中学の教師をしていましたから、中学生を見る目はたしかです」

と、祖母は言った。

引き戸を隔てて聞こえるふたりのやり取りを聞きながら、どこにも逃げ場なんてないの

だと思った。

聞き耳なんかたてたくはなかったけれど、聞こえてくる物音を耳は勝手に拾ってしまう。そうしながら、こころは、母が祖母に決定的な言葉を投げつけることを願っていた。「いますぐこの家から出て行って」と。出て行くのはわたしではなく、祖母であると言ってほしかった。

椅子をひく音がした。足を悪くした祖母の不規則な足音も。その足音が祖母の部屋にはいっていくのも聞こえた。

母は食器を洗っている。

母が食器を洗い終わる。

じき母は仕事場に戻るのだろう。

母親と娘のあいだに挟まれて、ママは苦しいのだろうな。と、わたしは思った。でもママには逃げ場がある。仕事という後ろ指をさされない逃げ場が。そして仕事をしているあいだは、きっと祖母のこともわたしのこともなにも考えずにいられるのだろう。

そう思うと、母がいまいましいようなうらやましいような気持ちになった。わたしはどこにも逃げることができない。こうしてうずくまることしかできない。

けれどその夜、母は仕事には戻らなかった。

片づけを終えた母は、そっと引き戸をあけて寝室にはいってきた。声をかけることもなしに、ただ黙って。

わたしは部屋の隅にうずくまっていた。

わたしのところまでくると、母は腰をおろして、「いつか」と小さくわたしを呼んだ。

「腕を見せてごらん」

咎《とが》めるのではなく、労わりに満ちたやさしい声に、わたしの胸が痛くなった。いくら切っても痛くない腕の代わりに、心臓が痛んでいるようだった。

「見せたくない」

「どうして？」

「いやだから」

母がそっとわたしの腕をつかんだ。振り払うこともできたけれど、されるがままになった。包帯の幅は、母の予想よりずっと太かったのだと思う。一瞬、眉《まゆ》を顰《ひそ》めた母の顔がそのことを告げていた。

「いったいどんな怪我をしたの？　薬はつけてもらった？」

母はわたしがほんとうに怪我をしているとまだ信じているのだ。わたしは嘘をつかない子どもだったから。

「ママ、わたしね、腕を切ってるんだよ」

「いったいどこで切ったの？　家で？　それとも学校？」

「ちがう、自分で切ってるの。いつか、リストカットしてるんだよ」

どうして、と母は訊かなかった。

ただ、どうしていいかわからないとでもいうように、わたしの腕をそっとさすっていた。

どのくらい、そうしていたのだろう。しばらくあとで、

「おばあちゃんに帰ってもらうから」

と、母は言った。

「そんなことできないよ」

「大丈夫」

そう母は言った。久しぶりに聞いた大丈夫だった。

「最初からうまくいかないってわかってたのよ。ただ、うまくいかないのはわたしとあのひとで、あのひととといつかじゃないと思ってた。どんなひとでも孫はかわいいと思うものだとそう思ってたから……」

そう言って、母はため息をついた。それからわたしを見て笑顔を見せた。作りものの弱々しい笑顔だった。

「あした、おじさんに事情を話すわ。あしたがちょうど、おばあちゃんの病院の日だから、おじさんが来るのよ。おじさんの車で病院に行くからね」

「わたしのことを言うの？」

母は首を横に振った。

あれから一度も電話さえしてこないおじさんが、はたしてあてになるのだろうかとわたしは思っていた。


祖母をすぐ山形に帰すのは、やはり無理なことだった。骨折をしたのは山形の自宅でだったが、手術を受けたのは都内の病院だった。幸い、手術もうまくいき、リハビリも順調で、あとは月に一度の経過観察ということになった。そこで医者のＯＫが出れば山形に帰ることができるのだが、それがまだ出ていない。今回の検診ではあとひと月かふた月ぐらいだろうということだったらしい。それまでなんとかならないか、と母は伯父に頼まれたのだ。

伯父夫婦に入院手術の一切合財《がっさい》の面倒をみてもらい、さらに三か月ほど伯父の家で生活していた。そのあげくに絶縁状態の娘のところに来るのだから、いまさらそちらに戻るのが無理なのはわかっていたし、祖母はともかく美穂子さんにこれ以上迷惑をかけるわけにもいかないと母は思ったらしい。

でもそればかりではなかったはずだ。母が祖母を受け入れる気持ちになったのは、帰郷したユキさんの影響があるにちがいないとわたしは思っていた。ユキさんと同じように、母も祖母と和解できると考えていたのではないかと。

「我慢、できる？」

と、母は訊いた。

もうできないんだよ、ママ。

こころのなかで叫んだ。

これ以上、わたしを傷つけないで。怖くてしょうがないよ。

そうも言った。

ママ、大丈夫って言ったよね。そんなことできないって言ったら、大丈夫って。だったら、大丈夫にしてよ。ユキさんはいつだって、ちゃんと大丈夫にしてくれたよ。

でも、声にならない声は、母には届かない。

「ユキさんのところに行っちゃだめ？」

と、わたしは訊いた。

母はそれには答えないで、

「我慢、できないか」

と、ぽつんと言った。

我慢できないわたしが悪いのだろうか。こころがささくれだつ。せめて、我慢できないよね、と言ってほしかった。ユキさんに会いたかった。

それきり母は黙ってしまった。黙って、考え事をしているようだった。母があまりにも長いことそうしているので、わたしはもう少しで「我慢する」と言ってしまうところだった。

「ママも、いつかをユキさんのところに行かせてあげたいと思う。でもそれは無理なの」

と、母は言った。

「学校があるから?」

「ううん、違う。学校なんて、多少休んだってかまわないって、ママは思う」

「じゃあ、なんで?」

「ユキさんがいま、大変なのは、いつかも知っているでしょう?」

「ユキさんのところに行ったら、いつか、お手伝いする。迷惑かけないから」

「いつかなら、きっとできると思うよ。でもね、いつか、ユキさんのおかあさんの具合は、いつかが想像するよりずっと悪いの。ああいう病気はね、知らないひとがはいり込むとまたぐっと悪くなることがあるのよ。それがママは心配なの」

「そうなんだ。でも、ママ」

「ん?」

「……ん、いい」

「いいから言ってごらん。なんでも言ってごらん」

「いつか、このままだと自分が壊れそうで怖いよ。すごく怖いんだ」

言い終わると、母はわたしを抱きしめた。わたしを強く抱きしめながら母は震えていた。そして、ユキさんのところに行く以外の方法、わたしにとっていちばんいい方法を考えると約束した。


翌日のことだった。

「ふたつの方法を考えてみた」

祖母が寝静まってから、母が言った。わたしはうなずいて、母のつぎの言葉を待った。

「どちらもおばあちゃんが帰るまでのことだけど、ひとつは、ママの仕事場で暮らす。狭くて不自由だけど、そこでなら、これまでと同じように学校にも通えるし、ママともいっしょ」

「ママも仕事場で暮らす？」

「おばあちゃんをまるきりひとりにするわけにはいかないから、ママは行ったり来たりすることになる」

「もうひとつは？」

「いつか、穣さんのこと、覚えてる？」

「みのり、さん？」

「うん、前、ママの友だちで建築家のひとがテレビに出たことがあって、そのとき、一緒に見たんだけど」

「そのひとなら、覚えてる」

「穣さんは、ママのいちばんの友だち。そのひとになら、ママはいつかを任せられる。ただ穣さんはおじさんだし、いつかはいやかもしれない」

ママのいちばんの友だち——あの日も母はそう言っていた。母に友だちがいたことが不思議だったことを、わたしは思い出した。そのひとが母の恋人か、ひょっとしてわたしの父親ではないかと疑ったことも。

でもそれきり忘れていた。それからこの日まで、その名前を聞くことは一度たりともなかった。

そのひとが母のいちばんの友だちだとしても、穣さんはわたしの友だちじゃない。しかも、たった一度テレビで見たことがあるだけで、会ったことはない。まるきり見ず知らずのひとと変わらないのだ。

「そのひとは、いいって言ってるの？」

「いつかさえいやじゃなければって」

「でも、そのひとの奥さんとか子どもとかは？　そのひとがよくても、ほかのひとはいやだって思うよ、きっと」

「穣さんは独身よ。独身のおじさんのところに行くのはやっぱり気が重いよね。ママの仕事場で暮らそうか」

　母の仕事場にいれば、たしかに学校にも通える。母とも毎日顔を合わせられる。それは安心なことだと思う。でも、わたしの気持ちは、遠くに、祖母の気配が届かないところ、ここではないどこかに行きたがっていた。

「そのひとに会ってみる」

　わたしはそう答えた。

「わかった」

　母がうなずいた。ほっとしたような顔をしていた。

「でも、ママ？」

「ん？」

「おばあちゃんは？　おばあちゃんにはなんて言うの？」

「いつかはそんな心配しなくていい」

　母はきっぱりとそう言った。


　その翌日には、わたしは母と一緒に、銀座にある建築事務所にチチを訪ねた。チチを、と言ったけれども、このときにはまだチチは、チチという呼び名を持っていなかった。でもこうしてチチのことを思い出しているこのとき、彼はすでにチチであり、だからこれからはチチという呼び名で呼びたいと思う。

「よう」

それが、チチがわたしたちにかけた第一声だった。わたしたち、と思ったのは、チチがそう言って、母だけでなくわたしにも同じように笑いかけたからだった。

「こんにちは」

と、母が言った。

「こんにちは」

のっそりとわたしも言った。

「この子がいつかちゃんか」

そう言ってチチは、今度ははっきりとわたしにだけ、笑いかけた。わたしは緊張していて、笑うことなどできなかった。

「全然かまわないよ。無理して笑わなくても」

そう言っているのが聞こえた。

「はい」

と、返事をした。

母が怪訝そうな顔をしてわたしを見て、「大丈夫?」と小さな声で訊いたのは、いまさっきのチチの言葉が実際には発声されなかったからだろう。

「緊張しているみたい」

と、母はチチに言った。

母がチチに話しかけるとき、それにチチが応《こた》えるとき、ふたりのあいだに親密な気配が漂った。それは少しもいやらしくなく、わたしはその気配のなかで、すでに安心さえ感じ始めていた。安心なんて、もうどこにもないと思っていたのに。

事務所では、チチのほかに三人のひとがそれぞれの机に向かって仕事をしていた。

「こっちのほうがいいかな、気兼ねがなくて。こっちこっち」

チチはそう言うと、入口に近いところにあったドアを開けた。そこは小さな部屋になっていて、広いテーブルと椅子が置いてあった。

おんなのひとが、お茶とお菓子を運んできてくれた。インテリアデザイナーの横川《よこかわ》さんだと紹介された。

「いらっしゃい」

と、横川さんは言って、

「これ、ものすごくおいしいのよ」

と、金色の包み紙に包まれたお菓子を指さした。

その部屋で三人で話をした。実際に話をしていたのは、母とチチで、わたしはふたりが話すのを聞いていただけだった。わたしのこととは関係ない、仕事の話ばかりしていた。

そのときにはまだどうするのか決めていなかった。自分がどうしたいのか、このひとに任せられてどうなるのか、なにもわかっていなかった。チチをひと目で気に入ったというのでもなかった。母はそうなることを予想していたようだったのだけれど、そう簡単にはいかない。

一時間くらいふたりは話をしていたと思う。

母がちらっと時計を見た。

「時間？」

と、チチが訊いた。

「うん。そろそろ」

「よし。じゃあ、きみはどうする？」

いきなりそう訊かれて、わたしはどうしていいかわからず母の顔を見た。それまでわたしのことはなにも話していなかったのだから。どうするって、どういうことだろう？

「ママは帰るけど、いつかはここに残る？　それとも……」

「いる。ここに」

そう答えて驚いたのは、わたしだけだった。

母が帰ったあと、チチは事務所のなかを案内してくれた。棚の上にいくつもある建物の模型に、わたしは興味をそそられた。そこはまるで白い街のようだった。その白一色の街はすこしもさびしいなんてことはなく、わたしは自分がそのなかにはいり込み、街を歩くことを想像した。そこでは、どんな時間が流れていて、どんなひとたちがどんな暮らしをしているのだろう。

「触ってもかまわないよ」

チチがそう言うので、ひとつひとつを手に取ってじっくり見ていった。やがてそのなかに、三年前にテレビで見た病院の模型も、海の見える家の模型もあるのを見つけた。なんとかという芸術家の美術館も。

「あっ」

模型の美術館のなかには、小さな絵が、オブジェが、あのときのまま飾られてあったのだ。

「ん、どうした？」

「これ、知ってる」

「おお、これか」

「これも、これも、これも」

わたしは指さした。

「番組を見たのか？　あれ、三年前だよな。よく覚えてたな」

「おもしろかった」

「おもしろかった？　どんなところが？」

「部屋に寝そべっていると、海辺にいるみたいだった」

「うん。そう見えるように設計したんだよ。嬉しいねえ」

「光がいっぱいだった。病院なのに、病院じゃないみたいだった」

「病院だからこそ、光に溢れていなくてはいけないんだ。光は希望だからね」

「光は希望？」

「そうさ。暗闇《くらやみ》はひとを不安にする。暗闇が続けば、ひとは苛《さいな》まれる。けれどそこにひと筋でも光が射し込めば、ひとは恐れを振り払うことができる。大昔からひとはそうやって生きてきたんだ」

　あの夜、部屋の引き戸の隙間からもひと筋の光が射し込んでいたことを思い出した。あれは、希望だったのだろうか。あの混乱のなかでの。わたしが勇気を出してあの戸を引き、母にすぐにことの真偽を質していたら、わたしはもっと早い時点でこのひとを知っただろうか。ふとそう思った。

「どうかしたのか？」

　チチが訊いた。

「もし、病気とかじゃなくても、だれかが暗い気持ちに囚《とら》われていたら、明るいところにいたら、元気になると思う？」

「ああ。そう思うよ。明るいところで、できるだけ物事の良いところを見るようにして、そして夜は、夜だけは暗闇のなかでぐっすり眠るんだ。余計なことを考えないで、死んだようにね。そうすれば、生き返ることができる」

「そんなに簡単？」

そう訊き返したわたしをまっ直ぐに見て、チチは言った。

「簡単じゃないかもしれない。でも、ぼくはそう信じて生きている。そう信じて、建物を作っている。そこにいるひとがしあわせであるように祈りをこめて」

「祈りをこめて？」

「そう。祈りをこめて、すべての細部を丁寧にね」

ああ、ママが修復する絵に向かうときと同じだ、とわたしは思った。


その日残っている仕事を片付けると、チチは事務所を退出した。ほかのひとたちは全員残って仕事を続けていた。

銀座でごはんを食べているとき、ふいに母と祖母はどうしているだろうと思った。ごはんのしたくはだれがしたんだろうかとか、わたしがいないことを母はどう説明したのだろうかとか。それを思うと、少し悲しくなった。

「たくさん、食べよう」

元気をなくしたわたしを励ますように、チチがそう声をかけた。

焼き立てのパン、驚くくらいおいしいサラダ、やわらかな赤身の肉、それらはチチの言葉といっしょに、わたしのからだのなかにはいっていった。


ごはんを食べ終えると、地下鉄に二十分ほど乗って、チチのマンションに向かった。地下鉄の駅からは歩いて二分、十階建てのマンションだった。

リビングダイニングキッチンと寝室と書斎。お風呂にトイレ。ひとつひとつが、エメラルダスⅡの我が家の倍はあった。

わたしがお風呂にはいっているあいだに、チチは枕とタオルケットをリビングのソファの上に運び込んでくれていた。ソファは大きくてそこでならわたしは充分眠れそうだった。ところが、

「きみは寝室で寝なさい。シーツも上掛けもあたらしくしてあるからね。ぼくはもうちょっと仕事をしてから休むから」

と、チチが言った。やさしくて、それなのに有無を言わせない調子だ。わたしはその言葉に従うことにした。

「おやすみなさい」

「おやすみ。知らないひと、知らない場所ばかりで疲れただろう。ゆっくりおやすみ」

と、チチは言った。

ベッドにはいって、ベッドサイドの明かりを消してしまうと、部屋は真っ暗になった。窓にひかれたカーテンは分厚く、外の明かりは入ってこなかったし、あっちがドアのはずと見当をつけた先からも明かりは漏れてこなかった。ドアの向こうは廊下で、そこにはまだ明かりがついているはずなのに。

夜は暗闇のなかで死んだように眠る。そうすれば生き返ることができるからね。事務所で聞いたチチの声が甦ってきた。

それは一度死んで生まれ変わるということだろうか。

そのことを考えようとした。でも、たちまちのうちに強引な眠りに引きずり込まれるようにして、わたしは眠ってしまった。

目が覚めたときもまた、暗闇のなかだった。でも、眠りについたときのような真の暗闇ではない。カーテンの隙間に光の筋があった。

カーテンをひらくと、まぶしいほどの陽射しがはいってきた。窓の外には明るい青い空が広がっていた。十階はこんなにも空に近いのかと思いながら、その空に見とれてしまった。前日の朝はまだ家にいて、そしてあくる日には違う景色を見ているのがとても不思議だった。

わたしはいつまでここにいて、この窓からこの空を眺める朝を迎えることになるのだろう。おばあちゃんが山形に帰るまで？　それまでママは、わたしをこのひとに押しつけて、これまで通り仕事をするのだろうか？

そう考えると、落ち着かなくなってきた。落ち着かなくなると、切りたくなる。切ると、気持ちがすーっとして落ち着くのだ。血は、わたしが生きていることを教えてもくれた。腕を切れば腕から、こころを抉《えぐ》られればこころから、血が流れる生きものであることを教えてくれた。そしてそのことで、わたしはわたしが生きていることを肯定することができていたのだった。カッターを持ってこなかったことを後悔した。そのときになって初めて、カッターばかりか着替えも学校のものも、なにも持ってこなかったことに気づいた。前の日にはとにかく一度チチに会ってみるということだったから。

リビングにはいっていくと、チチはもう出勤していて、テーブルの上に「おはよう。お腹が空いたら、台所と冷蔵庫にあるものを、適当に食べておくように。ただし、賞味期限に注意」と書かれたメモが置いてあった。携帯の番号も書いてあった。なにかあったらここに電話するようにということだろう。

時間は、じき十二時になるところだった。もうこんな時間なんだ、とわたしは思った。十五時間くらい眠り続けていたことになる。

わたしは台所にあったパンを食べ、冷蔵庫から牛乳を出して飲んだ。牛乳はまだ口が開いていず、賞味期限は五日も先だった。

食べ終わると、また眠くなった。それで使ったグラスとお皿を片付けると、寝室に戻ってベッドにはいった。眠りの粒子がつぎつぎとわたしに降り注いでくるみたいに、いくらでも眠ることができた。そして夕方までぐっすりと眠った。

目が覚めて、十階の窓から外を眺めた。すこしずつ夕方になっていく空を、同じように高い建物を、下のほうに小さく見える家々を眺めた。空が暮れなずみ、建物にひとつまたひとつと明かりがついていくのを、見ていた。いくつもの窓がある広い部屋にはいくつもの机が並び、ひとびとが働いているのが見えた。小さな子どもと母親らしいひとが見える窓もあった。その窓から楽しそうな声まで聞こえてきそうだった。

わたしはひとりぼっちだった。ひとりぼっちだったけれど、そこにはわたしを傷つけるひとはいなかった。

七時過ぎにチチが紙袋をふたつ提《さ》げて帰ってきた。袋のなかみは、わたしの着替えだった。母が銀座の事務所に届けにきたのだ。

「電話したけど、出なかったって言ってたぞ」

「寝てた。寝ていました」

言い直すとチチは笑って、言い直さなくていいと言った。敬語なんて使うな、そのほうがこっちも楽だからと。それから、それにしても、と続けた。

「寝すぎの顔をしている」

わたしの顔を見て、また笑いながら、チチはそう言った。この大人の男のひとは、ほんとうによく笑う。

「お腹、空いたろう。さ、飯に行こう」

「あっ」

「どうした?」

「ごはんのしたくするつもりだったのに」

「ああ、できるんだってな。だけど、きみがまずやらなくちゃいけないのは、神経を休めることだ」

そうチチは言った。

チチはきっとなにもかもを知っている。祖母とうまくいかなかったことも、リストカットを繰り返したことも、母はみんなチチに話しただろう。チチはそれを知っていて、わたしを受け入れた。

じっとチチの顔を見てしまった。

チチはわたしに余計なことを言わない。余計なことを言われたくは絶対にないのに、知っていて知らないふりをされるのもいやだった。遠回しな励ましはもっといやだった。

「生き返る話は、わたしのためだったんですか？」

そう訊ねて、訊ねたことに驚いた。どうしてこのひとにはなんでも訊いてしまえるのだろう。言えるのだろう。

「生き返る話？」

と、チチが訊き返した。

「昨日、暗闇のなかで死んだように眠るって」

「ああ。それがきみのためだってか？　きみだけのために話したという意味では違うな。でも、ひとはだれでもそうであればいいと願う意味では、きみのための話でもある。ぼくのためでもある。あの部屋、真っ暗になるだろう？　ぼくはあそこで死んだように眠って、朝、あたらしい自分になって起きることにしているんだ。それはね、昨日、きみも言ったようにそうそう簡単なことじゃない。あたらしい自分なんて言ったところで、眠って起きて一丁上がりっていうわけにはいかない。それに、忘れてはいけないこと、捨ててはいけないものは、ぼくにもある。そういうものまで、眠って起きたら無くなっていたら、大変じゃないか」

「都合よく、取捨選択しているの？」

わたしがそう言うと、チチは愉快そうに笑った。

「取捨選択か。うまくそれができたらいいんだけど、それもまた至難の業でね。だからこそ、せめてぐっすり眠る。そして新鮮な気持ちであたらしい一日を送る。まだ手つかずの一日をね。そうだ、肝心なことを訊き忘れていた。よく眠れたかい？」

「さっき言った、ずっと寝ていたって」

「ああ、聞いたよ。長く寝ていたのは、顔を見ればわかる。だけど今の質問は長さじゃなくて……」

「ぐっすり眠れたかってこと？」

「そう」

「死んだように眠った。きっとそうなんだと思う。気がついたらお昼だったから。それからパンと牛乳でお昼を食べて、また寝た。またぐっすりと」

「それはよかった。じゃあ、お腹も空いてるはずだ。ごはんに出かけてもいいかな」

そう言って、チチはまた笑った。

13

次の日も、目が覚めるとチチは事務所に行ったあとだった。テーブルの上にメモがあるのまで同じだった。

ただし、その日のメモには「退屈だったら、事務所に来るように」という言葉といっしょに、チチの事務所までの行き方が細かく書かれていた。車両の何両目に乗ればいいのかまできちんと。

でもわたしは、事務所には行かなかった。眠りの粒子はまだわたしのからだにまとわりついているらしく、わたしはいくらでも眠れるのだった。学校のことも家のこともほとんど考えないで、眠ってばかりいた。こんなことを続けていたら、しまいにはどうなってしまうのだろうということさえ考えなかった。

三日目の朝になって、わたしはようやく、いつも起きる時間に目を覚ますことができた。午前七時。カーテンを開くと、太陽が見えた。一日のはじまりの光を放つ朝の太陽だった。あたらしい命を生きているようなすがすがしい太陽だった。そして空は、青くあかるく澄んでいた。

　チチはまだ眠っているのだろうか。いったい、チチは何時に寝て、何時に起きるのだろう。それさえわたしは知らなかった。

　着替えてから、トイレと洗面を済ませ、リビングを覗いた。ソファでチチが眠っていた。そっとドアを閉めようとしたときだった。

「おはよう」

　というチチの声がした。

「あ、おはようございます。起こしちゃいましたか」

「いや、いいんだ。七時十六分か。いつもこのくらいには起きている。よし、起きてごはんにしよう」

　このひとはごはんのことばかり考えているみたいだ。そう思うとなんだかおかしくなって、わたしは笑った。

　わたしがオムレツを作り、レタスをちぎりトマトをざく切りにしただけのサラダも作った。チチは自分でコーヒーを淹れながら、わたしの手元を見ていた。キッチンは広くて、ひとがふたり立っていてもすこしも狭苦しくなかった。

「手際がいいな」

　と、チチが言った。

「オムレツだもん。手際なんて全然いらない」

「いや、それは違う。きみの動きはなめらかで無駄がない。それにとても丁寧だ。そうやって作られたものはおいしい」

食べる前においしいと断定するのはどうかと思ったけれど、そう言われれば嬉しかった。くすぐったくもあった。でも、わたしをほんとうに喜ばせたのは、チチがオムレツをひとくち食べて、まるで自分の手柄のように「な、うまいだろ」と言ったときだった。

「毎日、作ってたんだってな、ごはん」

わたしはうなずいてから、

「朝はママが。わたしは晩ごはん担当。でもママはときどき起きられなくて、わたしが急いでしたくするときもある。遅刻しても構わないから、ごはんを食べていきなさいって、ママは言うんだ……学校、三日も休んでる」

「学校なんて、三日やそこら休んだって、なんにも変わりはないさ」

チチはなんでもないことのように言う。

「でも……無断で休んでる」

「きみのママが、ちゃんと連絡している。心配はいらない。それとも、そんなに学校が恋しいかい？」

気にはなる。恋しいかと言われたら、そうではないと思う。中学にはいって、わたしは彩音ちゃんのような友だちを見つけることができないでいた。孤立していたわけではないけれど、きれいなことばかりじゃなく、こころにある汚いことをも打ち明けていいと思えるだれかはいなかった。

けれど、祖母の言葉に痛めつけられたようになって、祖母がいると思うだけで呼吸が苦しくなったとき、学校に着くとほっとした。家に帰るのは気が重かった。それに学校にいるあいだは、腕を切らないですんだ。ブラウスを通して透けて見える腕の包帯を、気にかけるひともいなかった。学校は気楽だった。家にいるよりずっと。それでも、恋しいのとはちがった。

「恋しくはない。ただ、気にはなる。病気でもないのに学校を休んでいるわけだし」

と、わたしは答えた。

「たとえば風邪《かぜ》をひいたら学校を休む。それは当然だ。だれからも咎められない。じゃあ、こころが風邪をひいたらどうする？」

「こころが風邪をひく？」

「そうだ。こころだって風邪をひく。こころはからだよりずっと温かさや冷たさに敏感なんだ。きみはいま、こころが風邪をひいている状態なんだよ。しかも放《ほ》っておいたものだから、こじらせて肺炎になりかかっている。きみは、自分が思うよりずっと疲れているはずだよ」

このひとはやっぱりなんだって知っているのだとわたしは思った。考えてみれば当然なことだった。中学生が家にいることができなくなって、それまで一度たりとも会ったことのないひとのところに厄介になるというのだから。

「でも、ここに来てからたくさん眠った」

と、わたしは言った。

「それはとてもいいことだよ。眠ることができれば、風邪はよくなる。でも、まだ完全によくなったわけじゃない。きみはここで食事のしたくなんてしなくてもいいんだ。どんなに料理が得意だからって」

「いつもはどうしているの?」

と、わたしは訊いた。

「いつも? 食事のこと? 朝は適当に、昼は会社の近くの定食屋、夜はまあいろいろだ。外で済ますこともあるし、家で作ることもある」

「自分で?」

「そうだよ。今夜にでも作ってみせよう」

「わたしも作りたい。ときどき」

「そう、ときどきでいい」

そうチチは言うと、わたしに笑顔を見せた。そして、残りのオムレツをたったふたくちで食べてしまった。

「そういえば、きみのママにもオムレツを作ってもらったことがある」

「ママに？」

「うん、学生時代にね。いまから二十年も前のことだ。きみのママとぼくが学生時代からの友人だっていうことは知ってるよね」

「いちばんの友だちだって言ってた。前に……」

チチをなんて呼べばいいのかわからなくて戸惑った。そういえばこの何日か、一度もチチに呼びかけたことはなかったのだった。ほかに呼びようがなく「山本さん」と続けると、チチは、「おじさんでいいよ」と言った。

「おじさん……」

なんだかしっくりこない。

「じゃなければ穣さんだ。きみのママはそう呼ぶ」

わたしはうなずいた。母はチチを穣さんと呼ぶ。そのことは前から知っていた。テレビを見たあの日から。そしてチチは母を槙と呼んでいた。チチを事務所に訪ねたときに。ふたりのあいだには親密な空気が流れていた。

「じゃあ穣さん。前に穣さんがテレビに出たとき、そう言っていた。ママは穣さんしか友だちがいない」

「それはどうかな。そんなに友人が多くないのは知っているけど」

「わたしはママから、穣さん以外に友だちの名前を聞いたことがない。穣さんはママのことを好き？」

「ぼくはきみのママのことを昔からずっと好きだよ」

チチがそう言ったとき、わたしは突然、彩音ちゃんを思い出した。チチのことを話した四年生の秋の午後を。彩音ちゃんの両親と小川先生のことを話したあの日のことを。とても遠い昔のような気がした。ほんの三年前のことなのに。そして改めて、チチが母を好きでい続けた時間の長さを思った。それはわたしが生きてきたよりもずっと長い時間だった。

「ずっと変わらずにママを好きだったの？」

「変わらずにというのとは違う。昔、ぼくはきみのママに友情ではなくて、もっと違う感情を持っていた。わかる？」

「わかる。ママもそうだった？」

「隠さなくちゃいけないことはなにもないんだけど、きみのママが言わないでいることをぼくが話してしまっていいのか、ぼくには判断がつかない」

「いいんだと思う。だって、ママが穣さんのところに行くように言ったのだから」

「うーん」とチチはうなってから、「まあいいだろう」と言った。

「きみには隠し事はできないみたいだし、したいとも思わない。ぼくたちの間では、隠しておくようなことでもないのかもしれない。それに、ぼくは猫の子を預かっているわけじゃないんだから、一度、きみときちんと話しあっておかなくちゃと思っていた。じゃないと、きみだって、どうしたらいいか不安だろう。きみはぼくになにを訊いてもいい、なにを言っても。言いたくないことは言わなくていい」

チチを見てうなずく。

「コーヒーを淹れ直していいかな？　長くなりそうだからね」

またうなずこうとしたとき、あっと思った。

「どうした？」

と、チチが訊いた。

「あの、事務所、行かなくていいんですか？」

「今日は土曜日だよ」

時間とか日にちの感覚がなくなっているみたいだった。学校を休んだのが三日だということはわかっていたのに、それを実際の曜日にあてはめて考えることができていない。そうか、今日は土曜日なんだ。ここに来たのが水曜で、そして今日が土曜だということを頭にしみ込ませようとした。

チチはキッチンに立ってコーヒーを淹れ直していた。コーヒーのいい香りが部屋に満ちる。

「きみはなんにする?」

と、チチが訊いた。コーヒーが飲めないわたしは、ここでは牛乳ばかり飲んでいた。

「牛乳かな? カフェオレは飲める?」

わたしはうなずいた。ほとんど牛乳のカフェオレなら飲める。わたしがそう言うと、チチはそのとおりのものを作ってくれた。チチは牛乳をレンジであたためるようなことをしなかった。ミルクパンでゆっくりとあたためた牛乳と淹れたてのコーヒーで作られたカフェオレを、チチはわたしの前に置いた。チチの話が始まるのだ。


チチと母は、学生時代に共通の先生の授業を取っていた。それは母が話してくれたとおりだったが、それだけなら、ふたりは出会うことはなかっただろう。先生が両方の学校の生徒何人かに声をかけて、建築と美術をコラボレートさせたワークショップを行うことになった。そのワークショップにチチも母も駆り出されていたのだった。

ワークショップのあと、ふたりはあちこちの展覧会に行くようになった。たまには映画にも。

「ママはそんな話はしなかった。遊ぶ時間なんかなくて、友だちもだんだんいなくなったって」

「うん、きみのママは、ほかの学生とは違っていた。建築もそうだけど、美大の学生は課題をこなすのが大変で、アルバイトがなかなかできない。それをきみのママは両方を必死でこなしていた。デートに誘っても断られるばっかりで」

「でもさっきはデートしたって言ったじゃない？」

「断られない行先を思いついたんだよ。美術館さ。おもしろそうな展覧会のチケットを買って誘うと、勝率があがった」

「ママは貧乏だったから」

「学生なんて、みんな、そうさ。話を先に進めよう。学校を卒業して、建築事務所で働き出して三年経ったころ、ぼくはきみのママにプロポーズした。ぼくのボスが大きなプロジェクトで何年か海外で仕事をすることになって、ぼくはそれに同行することになったんでね」

「一緒に行こうって言ったの？」

「いや、一緒に行くなんて無理だ。いまは一緒に行けないけど、結婚しようって」

「なんだか勝手なように聞こえる」

「確かに。いま聞くと、自分でも勝手な言い分だったと思う。でもあのときはそれしか選択肢がないように思った」

「でも断られたのね」

「そのとおり。きみのママは、結婚はしないと言った。ぼくだからじゃなく、自分はだれとも結婚することはないって」

「どうして？」

「家庭を持つのが怖い。穏やかな家庭を知らないで育った自分が、穏やかであたたかな家庭を作れるとは思えない。そうきみのママは言ったんだ」

祖母の姿が浮かんだ。あのひとは、母の人生の選択に、大きな影響を及ぼしていたのだと思った。反抗も、絶縁も、結局のところ、あのひとの力には及ばなかったのだろう。祖母の影から逃げて、自分で職業を、生き方を選びとってきたはずの母は、その影から逃げ切れなかったのだ。どんなに逃げても、母はあのひとの影の下にしかいられなかった。だからあのひとの力は、チチにもわたしにも影響を及ぼすことになった。その力がなければ、母はチチと結婚したかもしれない。そしてそうであるならわたしは、この世に生を享《う》けることさえなかったのだ。

「穣さんが結婚しなかったのはママのせい？」

「いや。そうとばかりは言えない。きみのママのほかにも、女のひとを好きになったことはある。結婚を考えたこともね。でも、どうしても踏み切れなかった。どうしてだろう。きみのママよりはるかに美人で、性格だっていいひともいたのにね」

「かわいそう」

そう言って、わたしとチチは笑いあった。

「さっき、きみのママはほかの学生とは違ったって言ったろう？　それはひとりで生きていく覚悟が、きみのママをそう見せていたのかもしれない。そういう意味ではきみのママはとても強いひとだった。でもそれは臆病な気持ちの裏返しでもあったんだ。強いひとは弱いひとでもあることを、そのころのぼくはわかっていなかった」

「ユキさんは、わかってたのかな」

「ユキさん？　ああ、きみとママを助けてくれたひと。一緒に生きてくれたひとだね。きっとそうなんだろう。そのひともおそらく、きみのママと同じようだったんだと思うよ」

「じゃあ、弱いひとが強いってこと？」

「いや。ぼくは思うんだけど、ほとんどの人間は弱いものなんじゃないかな。ただ、その弱さに流されてしまうか、立ち向かうかの違いじゃないかってさ」

　わたしは弱さに流されたのだろうか。流されて、ここに来たのだろうか、と思った。

「そういうことは簡単には答えが出ない」

と、チチは言った。わたしが思っていること——言葉にせずにただこころで思っていることに、チチはそう答えた。この時が初めてではなかった。チチとわたしのあいだには、そういうことがすでに何度か起こっていた。

「そうなの？」

　と、わたしは訊いた。

「自分の弱さに気づかないうちは、立ち向かうことだってできないだろう?」

そうかもしれない。

「話を続けていいかな?」

わたしは小さくうなずいた。

「フランスに行ってからも、ときどき連絡を取った。展覧会に誘うことはできなかったけれど、おもしろいものを見ては絵ハガキを送ったりした。無性に声が聞きたくなって、電話をしたこともあった。声を聞いたあとは余計辛《つら》くなった」

「それでも日本には帰れなかったんでしょ?」

「そう、おまけにフランスの滞在は当初の予定より長くなったんだ。そしてぼくはほかに好きなひとができた。そのことはさっき話したね」

「ええ。そのひととうまくいかなかったことも。そんなにママのことが好きだったの?」

「うまくいかなかったのは、きみのママのことがあったからではないと思う。きっと、ぼく自身になにか問題があるんだと思う」

そう言うと、チチはコーヒーを口に運んだ。わたしは思わず、チチの顔を見てしまった。いったい、チチのどこに問題があるのだろうと思って。

「まあ、人間だれでもどこかに問題を抱えてるわけだけどさ。神様じゃないんだし、神様じゃおもしろくないだろ」

きっとチチの言うとおりなんだろう。でも、それが祖母を庇《かば》う言葉のようにも聞こえて、返事ができなかった。チチは話を続ける。

「それに、そのころには、きみのママに対するぼくの気持ちもずいぶんと穏やかなものになっていた。激しく渇望するような気持ちは消えていた。それでも、きみのママが大切なひとであることに変わりはなかったし、これからも変わらない」

「やっぱりママは穣さんと結婚すればよかったんだ」

と、わたしは言った。

「彼女がぼくと結婚して、きみのパパに出会わなかったら、き……」

チチはおそらく、きみはいないと続けるつもりだったのだ。その言葉をわたしは遮った。

「パパって言わないで」

わたしの声は悲鳴みたいに聞こえた。チチが驚いたようにわたしを見た。でもわたしはチチよりもっと驚いていた。パパと言われたくらいで、なぜそんなに過剰に反応してしまったのだろう。

「ごめんなさい。どうしちゃったんだろう、わたし」

チチはわたしを見ていた。驚いた顔はもうしていない。困った顔でも、責める顔でもない。ただ待つ顔をして、チチはわたしを見ているのだった。そうすることが自然なことのように。

　少し経って、わたしはまた話し出した。

「子どものころからずっと、最初からわたしには父親はいないって聞かされて育った。でもなにも困ったことはなかった。ママがいて、ユキさんがいて、それで充分だった。友だちも先生も、そのことをとくべつなことだとか、かわいそうなことだとか言うひとはいなかった。それって、ただ運がよかっただけかもしれない。ママが言うようにね。ママはユキさんがいてくれたことが、運がよかったんだって言ったんだけど」

「そうか」

「四年生のとき、初めてママに、わたしの父親のことを訊いたの。ママはちゃんと教えてくれたけど、でもそのひとには実態がなかった」

「実態がない？　それはどういうことだろう」

「写真もなくて。どんな顔をしていて、どれくらいの背の高さがあるのかも知らない。頭にそのひとを描けない。それにママも、いまはなにをしているのか、どこにいるのかも知らないって。ママはそういうことでは嘘はつかないの。そういうことでもどういうことでも、ママは嘘つきじゃない。ママは、わたしが傍にいることを忘れちゃったり、学校の参観日も来なかったり、母親としてどうかと思うこともいっぱいあるけど、でも嘘はつかない。だから、わたしはママを信用するし、ママが好きなの」

「うん」

「そのひとの名前も教えてくれた。そのひとが生まれ育った家のことも。でも、その家とわたしたちはなにも関係がないって、ママは言った。わたしじゃなくて、わたしたちって。調べようとすれば調べられるのかもしれないけど、調べる気持ちにはならなかった」

そこまで話したところで、わたしはふいにわからなくなった。迷路のなかで行先を見失ってしまったみたいな感じだった。どういう話をしていたらこの話になったのだっけ。

チチが作ってくれたカフェオレをひとくち飲んだ。熱いくらいだったカフェオレはずいぶんと冷めていた。でもおいしかった。チチが丁寧に作ってくれたからだ。丁寧に作られたものはちゃんと丁寧な味がする。

「さっき、いきなり、きみのパパって言われてびっくりした。すごくいやだった」

「あんな言い方をして悪かったよ。もう二度と言わない」

と、チチが言った。

「うん。わたしにはパパはいない。最初から。そしてこれからも」

と、わたしは言った。

「わかった。よく憶えておく」

「ありがとう。穣さんは、わたしがここに来ることになった理由を知っているでしょう?」

チチがうなずいた。

「わたし、最初はおばあちゃんのことを好きになろうとしたの」

祖母が初めて家に来た日、ふたりで並んで庭を眺めたときのことが甦った。庭を見た祖母は、嬉しそうだった。ユキさんのことを話したら、「よかったですね」と言った。そのときの祖母の口調は穏やかだった。わたしは祖母を好きになろうと思った。母は祖母を難しいひとだと言ったけれど、わたしはそうは思わなかった。

「でも、うまくいかなかったの。わたしがお稽古事《けいこごと》をしていないことや、勉強をあまりしないことが、おばあちゃんには許せなかったみたい。わたしがくだらないものばかりを好きなのも、ひねくれているのも、父親に似たせいだと思っている」

「おばあさんがそう言ったの？」

そのチチの質問に、すぐには答えられなかった。

「そうは言っていない。でもわかるの。そう思っているってことは」

ちくちくと刺すように嫌味を言っていた祖母。

「きみの腕の包帯の幅がだんだんと太くなっていくのを見るたびに、こころが痛んだって、おばあさんはおっしゃったそうだよ」

「嘘よ」

「ほんとうだよ」

「ほんとうでも嘘よ。おばあちゃんはわたしを憎んでいるんだもの」

そんなことはないとはチチも言わなかった。その代わりに、

「おばあさんは、あと一か月したら、山形に帰られるそうだ。出ていくのは、ほんとうはきみじゃなく自分なのだが、からだが言うことをきかない。きみに居場所があって、学校やらなんやらに支障がないなら、あとひとつき我慢してもらいたいとおっしゃったそうだよ」

と、チチは言った。

ここにいたら迷惑でしょうけど。でも、このからだではどうしようもないのよ。年寄りは嫌われるだけね。いっときも一緒にいたくないならしょうがないけど。でもどうしてあひねくれているのかしら。わたしがここに来たのが間違いだったのね。

チチの言葉を、そう言い換えている自分がいた。そんな自分がたまらなくいやだった。でも、祖母の言いそうな言葉はすらすらと出てきて、それがまたわたしを簡単に傷つけるのだった。

「こころにもないことをと、きみは思うかもしれない。でも、なにはともあれ、あと一か月、きみのおばあさんはきみのところにいることになったわけだ。それについては了承できる?」

「できる。わたしは、ここから学校に通う。もし、迷惑じゃなかったら」

と、わたしは答えた。学校までここからだと一時間ほどだから、六時に起きれば間に合う。学校のものは、母にチチの事務所へ持ってきてもらう、いや、ハイツかつらぎに持ってきて置いてもらって、行き帰りに寄ればいい。そうすれば、母にだって会えるのだ。

「迷惑なんてことはこれっぽっちもない。きみが学校を休みたくないというのもよくわかった。じゃあ、それでやってみよう。ぼくも六時に起きて、きみと朝ごはんを食べよう」

「わたしに合わせなくてもいい」

そう言うと、チチは笑って、

「知らないな。ぼくは早起きがすごく得意なんだ」

と、言った。


それはほんとうだった。

朝、わたしがリビングに行くと、たいていチチは起きていた。そしていつだって朝から機嫌がよかった。だって、朝にはまだ厄介なことはなにひとつ起きていないから、というのがその理由だった。

六月になって、陽射しは一段と強くなり、気温はあがって、制服が夏服に代わった。どんなに暑い日でも長袖のブラウスにスカートという恰好《かっこう》でわたしは登校した。チチのところに行ってからは一度もリストカットはしなかったけれど、包帯は巻いていたので、半袖のブラウスを着る気持ちにはなれなかったのだ。

初めのころはリストカットをしないようにするには努力がいった。でも、そのくらいの努力はしたいと思った。チチだって、わたしのために努力しているのを知っていたから。ときどき、あきらかに睡眠不足な顔で、あきらかに食欲のない胃にパンや野菜を押し込むように食べているときがあったからだ。無理しなくていいよ、とわたしは言った。言ったけれど、ほんとうは無理をしてもらいたかった。そして、そのことをチチはちゃんとわかっていた。

学校の帰りには母の仕事場に寄った。母はドーナッツや菓子パン、コロッケなどを用意して、わたしを待っていてくれた。

油絵具の匂いのする仕事場でそれを食べながら、わたしは母と一時間ほど過ごす。学校から帰って、母とおやつを食べるなんて、生まれてからそれまでなかったことだった。あたらしい、期限付きの習慣。わたしが学校のことやチチとの暮らしぶりなどを話し、母は主に仕事の話をした。仕事の話から母が愛する画家たちの話になることもあった。

「中学生になったいつかと、こんなふうに絵の話をする日がくるなんて思わなかった」

と、母は言った。

「ママはいつも忙しがってばかりだったし」

「そうだね。いつかはユキさんが育ててくれたようなものだね」

「ユキさん、どうしてるかな」

「電話してみる?」

こころが動く。でもいまはだめだ、と思った。

「いまはいい」

と、わたしは答えた。

それからまたわたしと母は、わたしたちの話に戻っていった。祖母とリストカット抜きの話に。


六月の三週目の日曜日、チチと母とわたしの三人で、ごはんを食べた。母は仕上がった絵を永田さんの画廊に持って行った帰りで、チチとわたしはチチの家から待ち合わせの三越《みつこし》のライオン前に向かった。

「よう」

母を見つけたチチがそう言って、

「うん」

と、母が答えた。それから、急に思いついたというように、

「いつかがお世話になっています」

と、言った。

「お世話になっているのはどうやら、こっちみたいだ。なあ」

そうチチは言って、わたしを見た。目が笑っている。

「そんな感じ」

と、わたしは答えた。

日曜日の夕方の銀座は賑《にぎ》わっていて、ライオン前のひとたちばかりではなく、歩道ですれ違うひとたちも、これからだれかに会うときの弾む顔つきをしているように思えた。

四丁目の交差点から新橋《しんばし》のほうに歩いて行ってすぐのビルに、チチははいって行った。エレベーターに乗り、ドアが開くと、そこはもう店の入り口で、いきなり肉の焼ける甘い匂いがした。

「ほら、あそこ」

と、チチが指さしたところに目をやると、火の燃える煉瓦《れんが》の窯《かま》が見えた。大きな鳥がぶら下がっている。香ばしい匂いはそこからしているのだ。

「すごい。あれを食べるの？」

そうだよというようにチチがうなずいた。

その日、北京《ペキン》ダックという言葉を初めて耳にし、それを初めて口にした。チチと母はお互いの仕事の話をして、わたしはふたりが話すのを聞くともなしに聞き、つぎつぎに運ばれてくる料理を頬張った。

母は、何か月かのあいだでいちばんリラックスしているふうに見えた。ユキさんと三人で晩ごはんを食べているときの母はいつもこんなだったと、わたしはビールで赤くなった母の顔を見ながら、思い出していた。

それから、母に連れられてチチの事務所に行ったときが、三人で会った最初だったのだということも、チチがどんなひとかも知らず、チチに会ってどうするかも決まっていない状況だったことも、あのときはただ、祖母から離れたい気持ちだけがからだをいっぱいにしていたことも、つぎつぎと甦ってきた。

その日からひとつきが経とうとしていたのだ。それはつまり、祖母が山形に帰る日も遠くないということなのだった。そのときだった。「それでね」と、母が言った。

「今月いっぱいで母は山形に帰るの。ちょうど月末が土曜で、兄が母を送っていくことになったのよ」

「もうすっかりいいの？」

と、訊いたのはチチだ。

「すっかりっていうのかどうか。ともかく、こちらでの治療は終了。あとは山形のお医者さんでいいっていうことになって」

「そうか」

「あなたにはずいぶん迷惑をかけたけど」

「ところが迷惑じゃなかったんだ。いまなんて、槙よりいつかちゃんのほうが親しいくらいだよ」

「そうみたいね。ふたりしていると、おじさんと姪《めい》みたいに見えるわよ」

と、母は言った。父と娘と言わなかったのは、母の気遣いだろうか。

「おじさんと姪？　そりゃあ残念だな。恋人同士に見えなくて」

と、チチも言った。

「でも、ほんとうに助かったのよ。あなたしか、頼れるひとを思いつけなかったし」

あなたにしかいつかのことを頼みたくなかったから、と、母がこころのなかで続けた。

母の言葉にチチがうなずく。もちろん、声にした言葉のほうに。わかっている。楨がそう思ってくれていることが嬉しい。と、チチもこころのなかで言った。

チチと母のあいだにはさまって、わたしはふたりの声にならない言葉を聞いていた。どちらの言葉も、おたがいのこころに届かないのをもどかしく思いながら。

あの事故のあと、わたしはこの日のこの出来事を頻繁に思い出すようになった。あのとき、わたしがふたりの気持ちを代弁していたらどうなっていたのだろう。このことを思い返すたびに、そう考えた。そして考えれば考えるほど、わたしは大事なことをしそびれてしまったという気持ちに襲われた。

でも、ついこのあいだのことだった。洗面台の前に立つ後ろ姿の母を見て、突然にわかったことがあった。母の言葉はチチの胸に、チチの言葉は母の胸に届いていたのだということが。そして声にならなかった言葉は、声にしないまま当事者のこころのうちにだけあり続ければいいのだということが。

それればかりではなく、母が生涯をかけて愛していく男のひとは、かつてもこれからもチチだということに、わたしは気づいたのだった。

「いつか、どうしたの？　そんなおかしな顔をして」

鏡に映るわたしを見ながら、母が訊いた。

「なんでもないよ。ああ、でもママ、ちょっと太った？」

「うそ？　やだなあ」

「そのくらいがちょうどいいよ」

鏡に映る母の顔を見ながら、わたしは言った。


あの日、食事が済むと、チチとわたしはチチの家に、母は祖母のいるわたしたちの家へと帰って行った。その夜も母がチチのところに寄ることはなかった。チチも誘いはしなかった。最初のときも、わたしの荷物を運んだときも、母が向かうのはチチの自宅ではなくて事務所だった。

14

祖母が帰る日、わたしは家に戻った。

無理をすることはないと母は言ったけれど、やっぱり顔を見てさよならを言おうと思ったのだ。もしかしたら、祖母に会うのはそれが最後になるかもしれないのだから。

ひとつきぶりで見る祖母の足の具合は、ひとつき前とそれほど変わっているようには見えなかった。

「おばあちゃん、もういいの？」

「こんにちは」とか「ひさしぶり」とか言うのも変で、そう言った。

「これ以上は、よくならないということでしょう。これでやっていくしかないみたいですね。迷惑をかけました」

と、祖母は言った。

「わたしこそ、ごめんなさい」

「腕の傷はよくなりましたか？」

いきなりそう言われて、わたしはうろたえた。うなずくのがやっとだった。祖母は構わずに続けた。

「それはよかった。自分で自分を傷つけるような愚かな真似《まね》はやめなさい」

「おかあさんっ」

慌てて、母が制した。

「もしそうしたくなったら、この家の柱でも壁でもいいから、それを切りつけなさい。まあわたしがいなくなれば、その必要もないでしょうけど」

「おかあさん」

母がもういちど、そう言った。咎めるというより、あきらめるような口調だった。わたしはなにも言わなかった。ただ、やっぱり、わたしは祖母が苦手だと思っただけだった。祖母がわたしを嫌いかどうかはもうどうでもよかった。いや、祖母はわたしを嫌いではなかったのかもしれない。嫌っていたのはむしろわたしのほうだったのだ。

伯父夫婦が来るまでの三十分ほどの時間のなんて気まずかったことか。玄関のチャイムが鳴った時、母がほっとした顔をしたことを、わたしは忘れない。きっとわたしも同じような顔をしていたことだろう。

母はいそいそとコーヒーを淹れ、ケーキを出した。和やかというのではないが、それまでとあきらかに違う空気が部屋を満たした。わたしが家を離れていたことに伯父がなにも言及しないでくれたのもよかった。伯母がそのことを詫《わ》びたりしないのもよかった。

「さ、そろそろ行こうか」

時計を確認して、伯父がそう言った。東京駅まで伯父の車で行き、そこからは新幹線で伯父と山形まで帰るという。伯父の車は、伯母が運転して戻るのだ。

母に、荷物を取ってくるように言われて、祖母が使っていた部屋に行った。部屋はがらんとしていて、部屋の隅にこげ茶のボストンバッグと黒のナイロンバッグが寄り添うように置かれていた。窓にはレースのほうだけ、カーテンがひかれていた。

荷物を取るより先に、わたしはカーテンを開けた。垣根の手前に、背の伸び出したひまわりが見えた。先端には花がついている。まだ固い花、開いていない花だ。帰ってきたんだ、とわたしは思った。居心地のよかったチチの家。学校帰りの母の仕事場。わたしは、わたしにいくつもの居場所が用意されたことをありがたく思った。そして同時に、ここが、この家がやっぱりわたしの家だと、こころの底から思うことができた。

「いつか」

呼ばれて振り返ると、祖母がすぐ後ろに立っていた。はいってきたことにも、後ろにきたことにも気づかないくらい、静かに、足を引きずることなく歩いていたのだ。

「おばあちゃん」

「オダマキが咲くころ山形にいらっしゃい。気が向けばの話ですけど」

と、祖母は言った。

伯父の車まで祖母を見送り、部屋に戻ると、「おかえり、いつか」と、母が言った。

「ただいま、ママ」と、わたしは答えた。

「お茶を飲む？」

と、母に訊かれて、

「ううん、いらない」

と、わたしは答えた。

「じゃあ、ママは仕事、しようかな」

「あっちで？」

「今日はこっちで。せっかくきれいにしていってくれたけど、すぐいっぱいになる」

そう言って、母は立ち上がった。ついでにひとつのびをして。

「じゃあ、わたしも自分の部屋にいるよ」

「じゃあね」

やがて、懐かしい音が壁を伝ってわたしの部屋に響き、かすかにテレピン油の匂いもしてきた。

母が仕事をしている気配に包まれながら、わたしは祖母の言葉を思い出していた。「いつか」あれはわたしを呼んだのではなかったのかもしれない、オダマキの咲くころ、いつかいらっしゃいということだったのかもしれないと、このときになって気づいた。いや、それともやはりわたしの名前を呼んだのだったか。最後に一度、わたしのところに来て。それから、わたしは祖母にさよならを言わなかったことに思い至った。そのために、帰ってきたはずだったのに。

「おばあちゃん、さよなら」

机の上の教科書を並べてあるあたりに向かって、小さな声でわたしは言った。

見事なくらい一気に、祖母が来るまえの日常が戻ってきた。母は、家事をわたしに任せて仕事三昧《ざんまい》の母に戻り、わたしは勉強と家事を両立させるのに必死になった。七月にはいるとすぐ期末試験がやってくるからだ。そう、もう一週間の猶予もなかったのだ。テストが終わった日、わたしはほんとうに久しぶりにユキさんに電話をした。わたしは祖母が来ていて、また戻ったことを伝えた。ただ、チチのところに逃げたことは言えずに、あとは学校のこと、テストが終わったことなどを話した。

ユキさんはユキさんのおかあさんのことを話した。おかあさんの具合はこのところずっと落ち着いているらしかった。母はもう母であって母ではないのだけれど、最期の時間を穏やかに過ごしてくれればって思う。その穏やかな時間をいっしょに過ごすのがわたしの望みだと、ユキさんは言った。

そのおかあさんも、二年前に亡くなった。ユキさんが望んだように、穏やかで安らかな晩年を過ごして。ユキさんはその後も長野に住まい続けている。いまでは一年に一度、わたしと母がユキさんを訪ねる。そして、三人ですき焼きを食べるのだ。

うん。ユキさんの言葉に電話口でわたしがうなずくと、いつかちゃんは大きくなったわね、とユキさんに言われた。

また電話するね、ユキさん。いつでもかけてね、いつかちゃん。

電話を切ったあとも、耳のなかにはユキさんの声が残った。

チチから、母にではなくわたしあてに電話がかかってきたのは、夏休みが始まって二日目の夜のことだった。

「実はね、再来週、パリに行くんだ」

電話口でチチがいきなりそう言った。

「お仕事ですか？」

戸惑って、そう返事をした。あらたまった口調になった。

「そう。で、きみもいっしょに行かないかなって思って」

「わたしが、いっしょに」

事情がまったく呑《の》み込めない。チチが仕事で行くのに、どうしてわたしもいっしょにってなるのだろう。

「そうだよ」

「どうして？」

「どうして？　きみといっしょだと楽しいから。きみはどうせ、夏休みで暇をもてあましてるだろ？」

「学校はないけど、家のことがあるもん」

「ママの世話か。槙は大人なんだから、ひとりでだってなんとかやるよ」

「でも……」

「きみのママには了解を得てある」

それが聞こえでもしているかのように、母がうなずく。

「とにかく、明日、戸籍謄本とか必要なものを取って、ぼくの事務所に来てくれ。ひとりで来れるね」

受話器に向かってうなずいた。

「見えないわよ、そんなことをしたって」

母が言って、

「あ、はい」

と、わたしはあわてて返事をした。

「よし、じゃあね、明日」

瞬く間に電話は切れた。

「ねえ、ママは知ってたの？　ねえ、どうして黙ってたの？」

それからは、ねえねえのオンパレードだった。ねえねえを発しながらわたしは母に襲いかかった。

「ずっと黙ってたわけじゃないわよ。ママのところにも今日いきなりかかってきたのよ。いつかをパリに連れて行くって、すごい勢いで。いいも悪いもなかったわ。ほら、放しなさい」

「ママはどうするの？」

「ママは仕事よ」

「ママ、ひとりで大丈夫？」

「ばかね、ママは大人よ。それにいつかがいなければ、もっと仕事ができる」

そう言って母は笑った。

「じゃあ、あした、ママといっしょに区の出張所に戸籍謄本なんかを取りに行って、それから、穣さんの事務所に行けばいいわ。事務所にはひとりで行かれる?」

「大丈夫。でも、それって、なにに使うの?」

「ああ、パスポートを取るのよ」

ことなげに母は言ったが、わたしの胃と心臓はそのひとことで縮みあがった。


翌日、書類と駅前のケーキ屋の焼き菓子を携えてチチの事務所を訪ねた。チチの姿は見えなくて、事務所のひとたちがみんな机に向かって仕事をしていた。

以前事務所に来たときにお茶を出してくれたインテリアデザイナーの横川さんが気づいて、駆け寄ってきてくれる。

「あ、いつかちゃん、いらっしゃい。ちょっとだけ待っててね、ボス、あっちで来客なの」

そう言って、ドアを指さした。

「あの、母がこれを」

「うわっ、ありがとう。お茶を淹れるね」

横川さんはやさしい。

「あ、お茶はいいです。ここで待ってます」

「そう?　じゃあ、ちょっとだけ待っていてね。じき終わるはずだから」

横川さんが席に戻ると、わたしは大きなテーブルの上に置かれている家の模型を見た。前に見たものもあれば、そのときにはなかったものもあった。建物に巻きつくような外階段が特徴の三階建ての家を手に取ってなかを覗く。白い壁の白い部屋。白い階段。白い廊下。この家にはどんな光が射すのだろう。三階の窓からはどんな景色が見えるのだろう。家の前にはどんな庭が広がるのだろう。それとも、家の後ろに庭は造られるのかしら。

「おっ、熱心に見てるな」

頭の上から降ってきた声はチチのだ。

「この前はなかった、これ」

そう言って、チチを振り返ると、

「驚いたねえ。それは、最近作った、来月にはとりかかる家の模型だよ」

と、チチが言った。

「これがそっくり、ほんものの家になるの?」

「まあそうだね」

「これ、どんな場所に建つの?」

「どんな場所だと思う?」

チチが訊きかえした。

「高台」

「ほう。で?」

「一階ごとに景色が違って見える」

「いいね」

「あってるの?」

「ああ。どうしてそう思った?」

「階段が印象的だったから。この階段を昇るにつれて、景色が違って見えてくるんじゃないかと思って」

「すばらしい! おい、高橋《たかはし》」

チチがひときわ響く声で高橋さんを呼んだ。呼ばれてやってきたのは、大学生みたいにも見えるうんと若い男のひとだった。

「高橋、すごいぞ、この子。模型を見て、お前の設計意図を読み取ったぞ」

「はい。階段っていう言葉に反応して、聞き耳、たてちゃいましたよ。まじ、嬉しいですね」

「これは、高橋さんの設計なの?」

チチに小さな声で訊いた。

「そうだよ。なかなかいいだろ?」

チチが嬉しそうに答えた。

「じゃ、オレはちょっと出てくる。小一時間で戻るから、よろしく」

そう言い残して、チチはわたしと事務所を後にした。

有楽町《ゆうらくちょう》の交通会館まで歩いて、そのあいだもずっとチチは建築の話をした。これから行くパリの建築についての話、というのが正しいかもしれない。

二百年も前の建物が建ち並んでいるのが、パリという街だ。ルーブルは知っているね。あの建物は十二世紀末に建造が始まったんだ。ルーブルの中庭にあるガラスのピラミッド。あれは中国系アメリカ人の建築家の設計なんだ。何百年も前に百年もの歳月をかけて完成させた建築のその中央に、現代の建築家が、エジプトのピラミッドを模したオブジェをガラスで造る。すごいことだと思わないかい？

チチはそれこそ、いくら話しても話し足りないというふうだった。いや、話だけではだめなのだ、パリを、西洋建築を、わたしの目に見せたい、肌で感じとらせたいという、チチの思いが伝わってきた。

交通会館からの帰りに、チチは本屋に寄って、パリの地図とガイドブック、わたしが読めそうなフランスの歴史書とを見繕ってくれた。わたしはたちまち、建築と歴史の本でいっぱいだったチチの書斎の本棚を思い出した。それからチチは、『パリ文学散歩』という本も選んだ。

「もう少しで仕事が終わるから、少し待っていてくれたら、ごはん、いっしょに食べられるんだけどな」

と、チチが言った。

「でも、ママに断っていないし。晩ごはんのしたくもしないできたんだよ、今日」

と、わたしは答えた。

祖母が帰った夜、それはわたしがチチのところから帰ってきた夜でもあるのだが、その夜、母はわたしに言った。これからは穣さんに甘えたらだめなのだ、と。甘えるつもりなど毛頭なかったわたしは、母がいったいなにを言おうとしているのかさっぱりわからなかった。

これからも穣さんは、ママやいつかを助けてくれようとする。ママはそれを知っている。でもそれは、ほんとうに困ったときだけ。できることを全部やって、それでもだめだったときだけ。もし、ママがいなくなって、ひとりでどうしたらいいかわからなくなったら、穣さんを訪ねなさい。そのときは力になってもらいなさい。でも、彼がいいと言ったとしても、ふだんは穣さんに甘えたり負担をかけたりしてはいけないの。

甘えたり負担をかけたりしてはいけない。それはおそらく、こういうことを言っているのだろうとわたしは思った。でも、パリ行きはどうなんだろう。それは食事なんかよりずっと負担をかけることではないだろうか。

「だから、帰ります」

と、わたしは言った。

「じゃあ、きみのママもいっしょに。電話してみるよ」

その場でチチは母の携帯にかけた。その電話で、母があれこれと理由をつけて断っているらしいのは、チチの言葉を聞いているだけでわかった。

「だからね、ぼくがいっしょにごはんを食べたいんだ、いつかと。でもいつかは、ごはんのしたくをしなくちゃいけないから帰るって言い張っている。……ああ、そうだよ。いまきみ、世話になったと言ったね。だったら、ぼくの願いも聞き入れてもらいたいな」

チチが親指を立ててわたしに合図を送る。

「OKだってさ」

「穣さん、聞き分けのない中学生みたいだった」

わたしが言うと、チチはいきなり笑い出した。いつまでも笑いやまない。パリ行きも、きっとこの手で承諾させたにちがいないと思った。

「なにがそんなにおかしいの？」

「きみと槙がまったく同じことを言うから。親子なんだねえ」

そう言いながら、また笑う。

「ねえ」

「ん？」

「どうしてわたしをパリに連れて行こうと思ったの？」

「きみといっしょだと楽しいからだよ。さっき話したと思うけど」

「うん。それはさっき聞いた。でもほんとうにそれだけ？」

「そうだなあ」

そう言って、チチはふと真面目な顔になった。さきほどまでのふざけた笑いはどこにもなかった。

「遠くから見たら、それまで見えていたものが違って見えることがあるからだよ。それから、ほんとうのことは時間が経たないとわからないこともあるっていうことを、パリからきみは教わるかもしれないと思って。チャンスがあるなら、若いうちに、何度でも遠くに行ったほうがいい。ぼくはそう思ってるし、そうしてきた。建築をやるって決めてからは、その実物を見るためっていうこともあったんだけど」

そうチチは言った。

「六時にきみのママとライオンのところで待ち合わせをした。事務所で待っていてくれてもいいし、ひとりでぶらぶらしててもいい」

「ぶらぶらしたい。迷子にはならないと思うから」

「わかった。じゃあ、あとでな」

そう言って、チチは事務所に向かって歩き出した。わたしはチチの後ろ姿を見えなくなるまでずっと見ていた。


そのとき、そのあとに起きる事件をどうして予測することができただろう。

六時になって、約束の場所に行くと、チチも母もまだ来ていなかった。

チチがやって来るだろう方向と、母が地下鉄から来る方向とは逆だったので、わたしは首ふり人形のように、首を左右に振って、ふたりの姿を見つけ出そうとした。

「いつか!」

という大きな声がした。

道路の向こうで、チチが手を振っていた。わたしもすぐに振りかえす。

そのとき。

そのときなにが起こったのだろう。

たしか女の子が道路に飛び出した。まだ小さな女の子だった。

そして続いて、チチが。

チチはいったいなにをしようとしているのだろう。わたしなら、ここだよ。そんなに急いで渡らなくたって、信号、まだ赤だよ。そうわたしは思った。

つぎに気がついたとき、チチは道路に横になっていた。母が来ることも忘れてわたしは道路を越え、チチのところに急いだ。わたしはチチにしがみついた。だれかが、救急車を、と叫んでいた。女の子が泣いていた。人垣がどんどん大きくなって、救急車のサイレンが近づいて、その音が止まって、わたしの手はあたたかいもので濡れた。救急隊員が降りてきて、チチに声をかけ、わたしになにかを訊き、わたしは答えられなくて、答える代わりに泣き出した。泣き始めると、恐怖がわたしを襲った。救急隊員が、わたしからチチを離そうとして、わたしは離れまいともがいた。わたしは泣いた。わたしはチチから離されて、チチは担架に乗せられて、わたしは泣き続けた。

泣く以外にわたしになにができただろう。

怖くて怖くて、狂ったように泣いた。チチの名を呼びながら。

なにが起きたのか、わからなかった。

「穰さん」

切り裂くような声がした。

「いつか、穰さんになにがあったの？」

そう言って、母がわたしの肩をつかんだ。その手は、わたしの肩を揺さぶったのか、抱きしめようとしたのか、わからなかった。ひどく震えていて、わからなかった。強い力だった。

手と同じくらい、声も震えていた。からだも。

そのあとのことをわたしはどうしても思い出せない。恐怖と悲しみは、ひとから記憶を奪うのだろう。

母と救急車に乗って、病院へ行ったことも、わたしの手も服もチチの血で染まっていたことも、チチの手術も、葬儀も、わたしはなにひとつ思い出すことができないのだった。ただ、手のひらに受けたあたたかいもののことは、覚えていた。それがチチの血だったということは、そのときには気づかなかったのだが、あのあたたかさはチチが生きていることの確かな証として記憶された。


わたしは家から一歩も出ることができなくなった。どの道路も歩くことができなくなってしまったのだ。それが始まりのように、食事が喉を通らなくなり、眠れなくなり、短い眠りにはいやな夢を見た。日の光が怖くて、一日中カーテンを閉め切った。薄暗くなった部屋に、知らないひとがやってきては、わたしを責めたてた。

責められなくても、わたしはわかっていた。穣さんに甘えてはだめ。母のあの言葉は警告だったのだ。わたしが母の言いつけに従って帰っていたら、チチはあの事故に遭わずに済んだはずだった。だってごはんのしたくしてないもん。そう言いながら、わたしはチチに引き止められることを願っていた。チチが三人で食べようと言い出すのを待っていた。

チチの死はわたしのせいだ。

だれかがいる。いつかの悪口を言っている。そう言って、わたしは怯《おび》えた。チチのことはひとことも口にできなかった。

学校には行かず、一週間に一度、母が付き添って、病院に通うことになった。わたしをひとりにしておける状態ではなかったから、母は仕事はすべて自宅でするようにした。母もまた、チチのことを口にすることはなかった。

ときどき、無性に自分を傷つけたくなった。チチの死があの女の子のせいではなく、わたしのせいだと知っていたから。傷つけなかったのは、そのたびにチチのあたたかかった血を思い出したからだった。

いつかのせいなんかじゃない、と母は言った。

そんなことを少しでも考えてはいけない、と。

それでもがまんできなくなると、わたしは柱をカッターで切りつけた。それが祖母の言いつけどおりであることに、そのときのわたしは気づかなかった。わたしの腕の代わりのように、柱には何本もの切り傷ができた。

ある日、母がその柱に泣きながらナイフで傷をつけているのをわたしは見た。母のつけた傷は深く、柱を酷《ひど》く抉っていた。母は憎んでいた。母がわたしを。わたしもわたしが憎かった。でも母に憎まれたら、わたしはだめになる。

「ママ、ごめんなさい。ママ、ママ」

泣きながら母にしがみついた。

「いつか」

と、母は言った。

「どうしてあなたがあやまるの？」

「だって、わたしのせいだから。わたしが……」

「いつか、よしなさい。あのことはけっしてあなたのせいなんかじゃないの。いつかにもママにも、どうすることもできないことだったの」

そう母は言った。

わたしを、ではなかった。チチをこの世から奪ったどうすることもできない運命を、母は憎んだのだった。そして母はチチを悲しんでいた。わたしはわたしが悲しかったけれど、母はチチが悲しかったのだ。母の言葉よりも柱の傷が、そのことを、そして母の言葉がほんとうだということ——わたしを慰めるために言ったものではないということ——をわたしに教えてくれた。

だからといって、わたしにはどうすることもできなかった。母が仕事の量を制限し、できるだけ多くわたしと過ごし、わたしを抱きしめるように生きてくれたのに、わたしは母を抱きしめてあげることができなかった。

母はわたしを抱きしめ、わたしは母に抱きしめられながら、ふたりして、まるで暗渠《あんきょ》を流れて行くような日々が続いた。またいつか日の光を見ることがあるのかも、海に辿りつくことがあるのかも、わたしたちにはわからなかった。

閉じられた部屋のカーテンがいつから開けられるようになったのか、わたしに記憶はない。いつから学校に行けるようになったのかも。

でもいつだったか——そう、ユキさんが郷里に帰ったあとのことだ——母が言ったあの言葉、ふたりが当たり前になっていくんだ。その言葉が、わたしにもいまならわかる。ひとは同じ悲しみに留《とど》まることはできないということが。なぜなら、時間は生きているわたしたちを先へと連れて行くから。けれどそれは悲しみから遠ざかることではなかった。わたしたちは——わたしと母は悲しみごと進み、悲しみはわたしたちのからだに沈み込んでいった。それはいまもわたしたちの奥深くにある。そして、ときにきらきらと輝いて、立ち止まりそうになるわたしたちを励まし、鼓舞することさえあるのを、わたしは知った。

＊

これが、チチの話のすべてだ。

母は相変わらず仕事ばかりで、家事のほとんどを受け持つのはわたしだ。相変わらず、いやさらに修復の仕事にのめり込んで、母自身の制作をする時間がとれないとぼやくことしきりだが、口ではそう言いながら、母がその仕事を愛し、敬っていることをわたしは知っている。そしてこのごろでは、修復もまた母自身の制作ではないかとわたしは考えるようになった。

あのテレビ番組のなかでチチは、どう生きてきたかが全部、設計図にあらわれると語っていた。あらわれたもの全部、そこにこめられたものこそを、作品というのだと、チチは言っていたのだろう。

母は母のすべてを注いで修復をしている。技術ばかりではなく、生き方そのものをも含めて。だとしたら、母の手によって再生された絵画は、画家の制作であると同時に、母の制作でもあるのではないだろうか。

そしてわたしは、母が卒業した美大の建築学科の学生になった。ほんとうは、チチと同じ大学の同じ学科に進みたかったのだけれど、わたしの学力では無理な相談だった。

でも構わない。チチと過ごした束の間の時間にチチがわたしに伝えてくれたこと、チチと過ごす時間がもっとあったならチチがわたしに伝えただろうことを、わたしは考え考え、建築を学んで行こうと思うから。

チチの事務所は高橋さんと横川さんが引き継ぎ、わたしはそこで週三回、アルバイトをしている。雑用と、模型を造るのがわたしの仕事だ。

解説

北上次郎

日経新聞のコラム書評で☆をつけ始めたのは二〇〇四年の春からなので、もう十五年以上になる。満点は☆五つなのだが、それはだいたい年に一度しかつけない。最初から決めたわけではないのだが、いつのまにかそうなってしまった。石井睦美の本書『愛しいひとにさよならを言う』が刊行されたのは二〇一三年の二月である。ということは、二〇一三年はまだ十カ月も残っていた。にもかかわらず、私はこの長編に年に一度の☆五つを迷わず付けた。残り十カ月、たとえ何が出てきてもこの長編を超えるものはあるまい、という自信があったからだ。それくらい素晴らしい。その小説がようやく文庫になったのである。ぜひ読んでいただきたい。

この長編の美点はいくつもある。まず、女性の友情小説として素晴らしいということだ。女性の友情を描く小説は、唯川恵《ゆいかわけい》『肩ごしの恋人』、角田光代《かくたみつよ》『対岸の彼女』、大島真寿美《おおしまますみ》『戦友の恋』と、傑作が少なくない。本書はそれらと肩を並べる作品である。

具体的にいく。妊娠していた斎藤槙が道路脇でしゃがみこんだとき、飯田由紀、つまりユキさんは槙を自分の部屋に連れていき、介抱する。それがこの二人の出会いである。二人は同じアパートの住民でも、それまでお互い口をきいたことがない。その見知らぬ人の部屋で、しばらく眠って目を覚ましたとき、槙の目から涙があふれ出る。悲しいわけではない。でも、荒れた日の海のように心が波立つ。まだそのときは知らなかったが、槙もユキさんも、それぞれ自分の母親との確執をかかえていて、家族の助けをあてにできない状況だった。だから一人で頑張ってきた。しかしその頑張りにも限度がある。槙が道路脇にしゃがみこんだのは、その限度を超えてしまったからだ。ユキさんのほうが年上で、仕事も公務員だから安定していて、少しの余裕はある。ユキさんは言う。「よほど疲れていたのね。でももう大丈夫よ」。この言葉が槙を、そして母娘をそれからずっと元気づける。部屋までであとわずかのあの場所で、もう一歩も動けないくらいの貧血が起きたのは、このひとと出会うためだ、と槙は思うのだが、その直感は結構正しい。

こうして女性同士の友情の風景が、母娘のつつましい日々が、彫り深く、鮮やかに描かれていく。きらきらと光る印象深い光景の頻出はまったくもって素晴らしい。本書は槙の娘いつかが回想するかたちで語られていくが、男がほとんど登場しないことに留意。女性の友情を描く傑作の数々もまた、そういう構造を持っていたことを想起すれば、これはこの手の小説に共通する事情であることも見えてくる。本書の冒頭の一行は「いまでもチチのことを考える」というもので、それに続く一文はとても印象深い。

「授業が始まる直前の教室のざわめきが途切れる一瞬や、授業が終わって帰る電車のなかで、わたしはチチを思い出す」

この冒頭を読んだだけで、これは傑作だと私は確信したものだが、その「チチ」がなかなか登場しないのはなぜか。なんと全体の八割方が過ぎたところで、チチはようやく登場する。そのラストの二割がなかなかに濃いので、チチはもっと登場しているような錯覚に陥ってしまうが、実はその量は意外に少ない。それは、先行する女性の友情小説の大半がそうであったように、男が入ると、女性の友情の風景が際立たないからだ。だから、男たちを物語の後方に置いたままにするのがこの手の小説の常套なのである。特に、本書の「チチ」のように強烈な個性を持つ存在はなるべく物語の前面に出さないほうがいい。全体の八割が過ぎてからようやく登場してくることにはそういう理由がある。

しかし、あまりに女性の友情を強調しすぎると、本書のもう一つの特徴が隠れてしまう。本書はすぐれた母娘小説でもあるのだ。たとえば、幼いヒロインが寝つくまでいつも添い寝してくれた母親を思い出すくだりがある。本を読んでくれたり、話をしたり、それは小三の終わりまで続いた。絵画の修復という仕事に追われ、「食事のしたくまでひと任せの、そんな母親のもとで育つ娘を不憫に思っての、それが母にできる唯一の母親としての情愛の示し方だったのかもしれない」と、「わたし」は思う。でも、どんな理由からであっても母の隣で眠りにつくのは心地よかった。絵本を読むやわらかな声、同じ布団にくるまってたわいない話をするぼそぼそとした低い声、魔法のように眠りに誘う声――そうした母の声をわたしはずっと覚えている。思い出すだけで幸せな気持ちになる。

私が好きなのは、幼いヒロインとユキさんの関係だ。たとえば、分娩室のソファで待っていたときの気持ちを、ユキさんが話すくだりがある。それはどんな気持ち？　と尋ねられると、「喜びが爆発した感じ」とユキさんは言う。わたしが三歳か四歳のころ、保育園からの帰り道に、わたしは何度も、わたしが生まれたときの気持ちをユキさんに尋ねる。ユキさんと手をつないで歩く帰り道（母親の楨が忙しいので、ユキさんがいつも迎えに行っていた）、道路脇にはハナミズキが植わっていて、白と赤の花を交互につけていた。何度でもこの話を聞いたのは、幸せな気持ちになるからだ。分娩室の中にいる母はたった一人で、分娩室前のソファに父親はいず、ユキさんだけがいた。その孤独と幸せが、わたしの体に渦巻くからだ。

楨とユキさんの、それぞれの母親との確執がどういうものであるかは本書をお読みになればいい。「チチ」とはどういう人物なのか。ヒロインの母親とどういう関係なのかも、ここには書かないでおく。ここに書ききれないことは山のようにあるのだ。私が書くことが出来るのは、先に引用したくだりを始め、強い印象を残すシーンが多いということだけだ。切なくて、愛しくて、忘れがたいシーンが多い、ということだけだ。

作者の石井睦美は、児童文学界で長い間、活躍しているベテラン作家である。二〇〇七年に『キャベツ』が刊行されたときの書評を引く。

おやっと思ったのが、石井睦美『キャベツ』。こちらもヤングアダルト小説だが、なかなか読ませる。中二のときに父親が亡くなり、働きに出た母親を助けるためにご飯を作るようになった「ぼく」もいまでは大学生。「主婦歴二十六年の四十九歳主婦」になったり、「二十七歳新婚六カ月亜矢子《あやこ》」になったり、いつも妄想しながら食事の支度をするというヘンなやつだが、その「ぼく」が妹の友人に恋をするところから始まる物語だ。おやっと思ったのは『レモン・ドロップス』よりも格段にうまくなっていることで、これは楽しみだ。今回のラストに見られる強引さというよりも説得力を欠く展開がまだ残っているので残念ながら傑作になりそこねているが、ここまでくれば時間の問題だろう。この作家が傑作を書く日を楽しみに待ちたい。

このときの期待通り、その後の石井睦美の快進撃はまだ記憶に新しい。『兄妹《きょうだい》パズル』『皿と紙ひこうき』と、その後のヤングアダルト作品は素晴らしかった。『兄妹パズル』は高校二年のヒロインを語り手とする家族小説で、『皿と紙ひこうき』は北九州の山間の集落を舞台にした青春小説で、『キャベツ』が佳作とするならこの二作は傑作だろう。特に、『皿と紙ひこうき』の、ヒロインの回想の一シーンに登場するだけの将太《しょうた》という少年の造形が突出している。

　そういう作家であるからその実力は承知していたが、石井睦美の作家的資質はまだまだそんなものではなかった。それを本書で知る。

　本書はヤングアダルトという分類を離れ、女性の友情と、母娘の絆、という二つの核を、鮮やかに描き切った傑作である。群を抜く人物造形からその巧みな構成にいたるまで、すべてが素晴らしい。

（きたかみ・じろう　文芸評論家）

『愛しいひとにさよならを言う』二〇一三年二月　角川春樹事務所

中公文庫

愛《いと》しいひとにさよならを言《い》う

2019年10月25日　初版発行

著　者　石《いし》井《い》睦《むつ》美《み》

発行者　松田陽三

発行所　中央公論新社
〒100-8152　東京都千代田区大手町1-7-1
電話　販売 03-5299-1730　編集 03-5299-1890
URL http://www.chuko.co.jp/

DTP　嵐下英治
印　刷　三晃印刷
製　本　小泉製本

Published by CHUOKORON-SHINSHA, INC.
Printed in Japan　ISBN978-4-12-206787-5 C1193